저는
행복한 선생님
입니다

저는 행복한 선생님입니다

초판 1쇄 인쇄 | 2024년 2월 14일
초판 1쇄 발행 | 2024년 2월 20일

지은이 | 정구복
사　진 | 고병관
펴낸이 | 박영욱
펴낸곳 | 깊은나무

주　소 | 서울시 마포구 월드컵로 14길 62
이메일 | bookocean@naver.com
네이버포스트 | post.naver.com/bookocean
페이스북 | facebook.com/bookocean.book
인스타그램 | instagram.com/bookocean777
유튜브 | 쏠쏠TV · 쏠쏠라이프TV
전　화 | 편집문의: 02-325-9172　영업문의: 02-322-6709
팩　스 | 02-3143-3964

출판신고번호 | 제 2013-000006호

ISBN 979-11-91979-51-0 (03810)

저는 행복한 선생님입니다

정구복 지음 | 고병관 사진

프롤로그

"나간다!"

그리 긴 시간이 아니었고 남긴 말을 전하기는 어렵다.

"교육에 도움이 되지 않는다고 판단하면, 교단을 떠나겠다. 스스로 떠나는 이의 뒷모습은 얼마나 아름다운가…." 그렇게 아이들에게 했던 말을 떠올린다. 어린 학생들 앞에서 호기를 부렸던 때에 비하면, 지금 나의 결행은 그리 낭만적이지 않다. 오히려 세상으로 나가려니 다가올 낯선 시공간의 엄혹함이 마음을 점령하기 시작한다.

학교에서 할 수 있는 일이 적어지고 그 일에 대한 만족이 작아질 때, 홀연히 등장한 대역 배우처럼 역할을 다했으니 사라지고 싶었다. 인생이라는 무대에서 배역과 역할은 다양하다. 이제 나는 다음 드라마를 제작하는 연출가로 그리고 열연하는 배우가 되어 관객을 만나기로 결심했다. 갑작스러운 결정이었기에, 남은 시간에 무엇을 할지 계획하지 않았다. 실타래처럼 꼬이고 갈피가 잡히지를 않아 우선 자판을 두드리기 시작한다. 그리고 사형선고일을 통보받은 죄수처럼 남은 날들을 기록하기로 결심했다. 처음 교단에 선 날부터 이 책을 세상에 내놓을 때까지의 마음을 기록해 보려고 한다. 지난 일을 반추하며 그 힘으로 살아갈 날의 용기를 얻으려 한다.

나를 선생으로 만들어 준 학생들에게 미리 고마움을 전한다. 그대들이 있었기에 교사라는 이름으로 살아가는 것이 가능했다. 일일이 만나 인사를 나누고 싶은 마음이다. 우연히라도 마주치거든, 내가 기억하지 못하더라도 서운해하지 말고 좋은 기억으로 남겨 주길 소망한다. 특별히 아직도 나를 좋은 선생으로 기억하려는 아이들과의 작별은 더 아프다.

내 옆에서 든든한 버팀목이 되어 준 교육 동료들에게 감사한 마음을 나눈다. 그리고 후배 교사들에게 미안한 마음을 전한다. 내가 한 일과 능력도 없겠지만 팍팍한 교육 현실을 묵도하며 떠나는 이의 미안함이다. 교단 밖에서 미력하나마 도움이 될 일이 생긴다면 기꺼이 달려갈 것이다. 내가 복이 많아 주변에 좋은 선생님들을 많이 만났다. 같은 배를 탄 마음으로 학년을 함께해 준 선생님들, 늦은 시간까지 술잔을 기울여 준 젊은 날의 동료들, 말보다 지긋한 웃음으로 격려해 준 선배님들! 지금 더 생각나는 좋은 선생님들이 있다. 고맙다.

학부모로 만나, 이제는 한세상을 함께 살아가고 있는 제자의 부모님께 경의를 표한다. 아이를 낳아 기르고 세상 풍파 견디며 전진한 인생은 그 자체로 장엄한 인생 역정의 파노라마다. 볼품없는 선생을 좋게 봐준 학부모님과 나의 부실함을 책망하지 않고 너그러이 봐준 분께 고마움과 죄송한 마음을 남긴다.

느닷없는 명퇴 결심에도 놀라지 않고 침착하게 지지해 준 아내와 내용을 몰라도 응원하는 아들과 그리고 가족이라는 이름으로 이 세상을 살아준 소중한 분들께 큰절을 올리고 싶다. 선생이라고 든든해하며 자랑거리로 삼아 준 내 엄마와 효도하지 못한 아버지께 마음을 남긴다.

2023. 9. 23. 낮과 밤의 길이가 같다는 추분에

반반의 마음으로, 저자 정구복 올림

차례

1부
철부지 교사(教師)로

2부

사랑하는 교단(敎壇)에서

3부
시시로 존재 구상(存在 構想)하고

4부
작가(作家)를 꿈꾸며…

1부

철부지 교사(教師)로

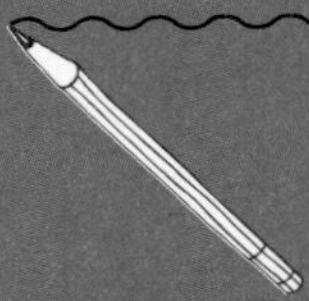

1

콩밭을 매다가

햇살이 뜨거웠다. 정오가 가까워짐을 느낄 수 있었다. 집으로 돌아가 물 한 모금과 낮잠으로 피곤을 달래야 하는 시간이지만 좀처럼 자리를 뜨고 싶지 않았다. 호미에 걸려 옆으로 누운 흙은 부드러웠고 풀을 뽑고 난 자리의 콩은 예뻤다. 목의 앞뒤로 흐르는 뜨거운 땀도 나쁘지 않았다. 1990년 여름에 나는 고향, 안성에서 농사를 짓고 있었다. 7남매 중 여섯째라 농사는 거리가 멀었다. 형과 누나가 일을 많이 했고 나는 고등학교부터 인천에서 유학생 생활을 했다. 그런 내가 대학교 때 농촌활동 담당자로 산골 농촌을 누비며 '민중 속으로'라는 어설픈 구호를 가슴에 품었다.

교사가 되고 싶어 교원대로 진학했고, 우여곡절이 있는 생활이어도 교사의 꿈을 간직하고 있었다. 5공화국 시절 청와대 교육문화수석이 대학 총장으로 임명되면서 학내 사태가 발생했다. 아는 것을 실천해야 한다는 당위적 의무감은 나를 시위 현장으로 나서게 했다. 학생처장의 달콤한 미래에 대한 회유와 정보과 형사가 주목하고 있다는 학생처 직원의 친절도 적의 농간처럼 들렸다. 적개심은 행동하는 양심과 실천하는 지성이라는 그럴듯한 문구로 나를 포장했다. 변해가는 아들의 행동이 우려스러웠는지, 부모님께서 옷을 잘 차려입고 대학교로 오셨다. 아버지는 막걸리를 드시면 이따금 알 수 없는 일본 교가와 집권 여당을 지지하는 발언을 하셨다. 어떻게 알고 오셨는지는 몰랐다. 당시 학생운동을 하면 가장 약한 고리인 부모를 이용했으니 지금 생각해도 야비한 일이다. 나와 생각이 전혀 다를 것으로 생각됐던 아버지는 "네가 다칠까 봐 그러지."라고 하시며 아들을 지지해 주셨다. 내 손을 잡고 준비해 온 시계를 건네실 때, 눈에 눈물이 고이셨다. 몇 마디 나누지 못하고 돌아서신 아버지의 모습이 지금도 뇌리에서 떠나지 않는다.

세상의 아버지가 그렇듯, 아버지는 사상과는 거리가 먼 그

▲ 아빠와의 추억이 만들어지는 순간

저 내 아버지였다. 1년 후 대학교 5학년 때 아버지께서 돌아가셨다. 학내 문제로 교생 실습을 거부하여 제때 졸업하지 못하고 2주짜리 실습을 하고 있었다. 전 주 토요일에 집에 가겠다고 해놓고는 친구들과 어울리다 월요일에 교생으로 등교하는데, 동네 아저씨가 나를 기다리고 있었다. 내가 자취하던 마을에서 방송했지만, 나는 다른 마을에서 동아리 후배들과 놀고 있었다. 결국 다음날 월요일 아침 중학교에서 교생 실습을 하는 나를 찾아 납치하듯 차에 태웠다. 아저씨는 창밖을 보다 몇 분이 지난 후 아버지가 위독하다고 하셨다. 집에 도착하고 아버지 손을 잡자, 아버지는 곧 세상을 떠나셨다. 병이라고는 모르시던 아버지는 식목일 행사 후 저녁에 돌연 쓰러지셨고 사랑하던 아들을 보고 소천하셨다. 아버지를 통해 세상을 보던 어머니는 할 수 있는 일이 거의 없으셨다. 그런 사연으로 나는 어머니 곁에서 봄철에 벌여 놓은 농사일을 잠시 감당하고 있었다.

콩밭을 매다 집에 들어와서 기간제 교사 자리가 있으니 올라오라는 누나의 연락이 왔다. 사범대를 졸업했고 발령 순위는 맨 앞이었으나, 교사가 될지는 모르는 일이었다. 사상이 의심스럽다고 생각되면 교육부가 이런저런 핑계로 발령을 내지 않았던 것 같다. 그게 그 당시 상황이었고 나는 고등학교에서 2개월짜리 기간제 교사로 교단에 섰다. 호미를 던지고 분필을 잡게 된 것이 기뻤다. 인천에서 자취하던 누나가 출근할 수 있는 옷을 마련해 주었다.

2
진작 잘렸어야

교사가 되니 좋았다. 교실에는 열심히 공부하는 학생이 있었고 교무실에는 선배 교사들이 나를 동료처럼 존대해 줬다. 일반계 고등학교 학생들은 수업을 잘 들었다. 잠자는 아이가 없었다. 수업에 집중하지 않는 학생이 있으면, 그 학생을 수업에 참여시키기 위해 다양한 방법을 시도했다. 남자 고등학생들에게 가장 효과적인 것은 음담패설, 성적인 이야기였다. 지금 생각하면 창피한 일이다. 사춘기에 그런 이야기가 쌓이고 군대를 거치고 나면 성인 남성의 성인지 능력은 편향적일 수밖에 없을 것이다. 실상 나의 성적인 지식과 경험은 당시 고등학교 학생들보다 못했는데, 그럴싸한 이야기를 만들어서 떠들었다. 그리고 학생들이 알고 있는 노래 가사를 바꿔서 개념을 익히게 했다. 일명 '노가바'라고, 교가를 변형해서 서양 철학자들을 암기시켰다. 우리나라를 빛낸 위인처럼, 학교를 빛낸 철학자들이 탄생한 셈이다.

윤리 시간이었지만 운동장이 비어 있으면 어떤 때는 축구를 했다. 남자 고등학교 학생들에게 축구는 최고의 참여 수업이었다. 나 또한 축구를 좋아했고 웬만한 학생들보다 축구를 잘하는 수준이었다. 축구로 학생들과 쉽게 하나가 될 수 있었다. 학생들과 재미있게 수업하고 함께 운동하다 보니, 학생들 사이에서 인기가 많았다. 한번은 손에 깁스하고 온 학생이 있어서 물어보니 윤리 시간에 공을 차다가 골절 사고가 났던 것이었다. 지금 같으면 큰일이 날 사안이었지만, 그 학생은 친구와 장난치다 다쳤다고 부모님께 말해서 그냥 넘어간 일도 있었다.

담임이 아니었지만, 상담을 신청하는 아이들도 생기기 시작했다. 방과 후에 남아서 상담하는 부류의 아이들이 늘었다. 그러다 학교 근처 학사주점에서 술을 먹자고 약속했다. 평소 친구들끼리 술을 먹는 아이들이니 내가 술을 사줘도 될 것이라고 합리화했다. 막걸리 몇 주전자를 먹고 나니 주머니에서 돈을 더 꺼내며 "한 주전자만 더 마셔요." 하는 학생들의 술주정을 받아줬다. 나도 술이 센 편이었고 교사이다 보니 술이 취하지는 않았다. 그러다가 한 학생이 "선생님 담배 한 대만 피면 안 될까요?" 취한 김에 생각 없는 말을 한다. 잠시 망설이다 나는 그러라고 말한다. 담배 농사로 자식 농사를 지으신 아버지를 생각했다. 나는 담배를 태운 적도 없지만 담배에는 많이 허용적이었다. 도를 넘는 학생의 행동으로 보이나 그런 학생들은 나의 교육적 탈선을 잘 받아 주었다.

나는 학생들에게는 관대했지만, 나 자신과 선생님들에 대해서는 엄격한 잣대를 가졌다. 2개월 임시 교사여서 과학실에서 근무했다. 3명의 과학 선생님은 모두 일가견이 있는 전문가들이었다. 교과와 연령, 취미 등 모두 너무 달랐다. 나이가 제일 많은 선생님은 악기 연주와 봉사활동에 열의를 보이셨고, 제일 젊은 교사는 호텔 파친코 출입의 무용담을 많이 늘어놓았다. 빈 시간 그들의 대화 중에는 부동산에 관한 이야기가 많았다. 그들의 자연스러운 대화가 나는 마음에 들지 않았다. 교사가 교무실에서 그런 이야기를 나누는 것은 온당치 않다고 생각했다. 지금 생각해 보면 그런 것들과 너무 담을 쌓아 놓고 사

▲ 선술집

는 교사가 오히려 더 큰 어려움을 당하는 것을 경험한다. 지금은 경제관념 없는 교사들에겐 경제 관련 연수가 필요하다고 생각한다. 교사는 돈과 멀어야 하는 별종의 사람들이 아니다.

일주일에 며칠씩은 퇴근 무렵 시장 선술집을 들렀다. 그들은 아주 희한한 술 문화를 가지고 있었다. 각자 잔 앞에 소주를 한 병씩 놓았다. 각자 자신의 술을 먹었고, 술을 주고 싶으면 그 사람 앞의 병으로 술을 따라 주었다. 맥주잔에 소주 반병 정도를 따르고 잘도 마셨다. 이상한 것은 교무실에서는 세상살이 이야기를 하는데, 술을 먹을 때는 학교와 학생들 이야기를 주로 나눈다는 것이었다. 그래서인지 나는 술자리가 좋았다. 선배들의 술 인심에 술값을 내지 않았다. 호텔에서 돈을 많이 잃은 젊은 선생이 여전히 기분 좋게 계산을 많이 한 것으로 기억한다.

내가 교직에 처음으로 들어선 그 학교는 지역의 명문학교였다. 시대의 변화를 읽지 못하고 명맥을 유지하지 못하면, 전통이 있는 학교라는 명성은 구버전의 전자제품과 닮은 꼴 같았다. 돌아보면 짧은 기간에 비해 즐거운 추억이 많은 학교였다. 지금 생각하면 그때 나의 행동은 교사로서 허용될 수 없는 행동들이 수두룩했다. 어쩜 나는 벌써 퇴출돼야 할 교사였을지 모른다. 그런데 이후 33년을 더 버텼으니 나는 축복받은 교사다. 아직 남은 날들이 조금 있지만 지금까지 교사라는 신분을 유지하고 지낸 날들이 모두 은혜이고 감사한 일이다.

3

임용고시 1기

1991년에 교원 임용고시가 시작되었다. 대학교 때 반대했던 정책이 결국은 공립과 사립의 밥그릇 싸움으로 전락하여 시행된 것이다. 뜻을 같이했던 친구들은 교원 수급 정책의 실패와 발령의 책임을 개인에게 전가하는 부당한 시험이라고 반대했다. 어떻게든 시험을 막아 보려 했지만, 졸업 후 개인으로 흩어진 우리들이 할 수 있는 일은 없었다. 결국 각자의 판단에 따라 시험에 응시하기로 했다.

나는 시험에 합격해야 하는 이유가 있었다. 아버지께서 돌아가신 후 1년이 되지 않은 시점에서 어머니와 같이 지내고 있었는데, 불합격이면 군대에 가는 현실적인 문제가 있었다. 일

선정경쟁시험 제1차 시험장

주일 정도 도서관에서 문제를 풀었다. 대학교 때 공부해 본 적이 없으니 어려운 분야가 있었다. 윤리는 해볼 만했는데 교육학 문제는 외워야 할 것들이 많았다. 선택형으로 4개 중에 하나를 고르는 문제를 푸는 것이 힘들었다. 공부할 양이 많아 물리적인 시간이 부족했다. 가치가 반영된 윤리 문제는 점점 하기 싫었다. 순간 판단되는 답과 출제 의도를 반영한 답 중에서 선택하는 것이 계속되었다. 나도 모르게 생각이 굳어지고 일정한 틀에 주조되는 느낌이었다. 제시된 보기 중에서 하나를 선택하는 것은 이미 철학과 거리가 멀었다. 지금도 나는 선다형 문제가 학생의 창의성을 죽이고 철학적 사고를 방해한다고 생각하고 있다. 자신의 관점과 입장, 세계관을 갖는 것이 아니라 철학조차 객관식이라는 이름으로 규격화되는 것에 반대한다.

다행히 1차 지필고사에 합격했고 이어서 논술과 면접까지 통과해서 합격증을 받았다. 가산점의 승리였던 것 같다. 청주가 고향인 친구가 인천으로 응시해서 우리는 한 몸처럼 교직에 들어섰다. 뜻이 있어 길이 있고, 동행하니 행복이라 생각한다.

◀ 임용고시

4
철부지 교사로 아이처럼

정식 교사로 첫 발령을 받은 학교는 친근한 지역이었다. 나의 모교인 송도고등학교와 인접한 중학교였다. 지금은 도심이지만 발령 당시에는 대중교통이 불편했고, 학교 주변은 농토와 매립지가 많았으며 동산에는 묘지도 있었다. 도심 속 시골 아이들은 순박했고 선생님들은 가족 같은 분위기에서 화목했다. 초임지에서의 9개월은 철부지 교사로 열정을 다한 시간이었다.

나는 노래를 잘하지 못한다. 고등학교 시절 음악 실기 시험을 볼 때, 내가 노래하는 것을 들은 음악 선생님께서 "너는 됐어. 들어가!"라고 하신 말씀에 아이들이 웃었다. 그 말씀이 남

앞에 서면 기어들어 가는 목소리를 만들었다. 핑계다. 머리에서 생각하고 음을 내면 듣는 이는 전혀 다른 음으로 듣게 되는, 나는 음치다. 그런 내가 실천 교사 모임에서 만든 노래와 율동을 열심히 연습했다. 수업 시간에 학생의 참여를 끌어내기 위해 손 동작과 율동을 가르쳤다.

"온 땅의 누런 금덩이들은 모두 예쁜 구슬을 만들어 아이들이 가지고 놀게 다 나누어 주고~."

"우리에게 땅이 있다면 얼마나 좋을까? 울 어머니 살아생전에 작은 땅이라도 있었으면~."

노래를 못하고 몸치였지만 연습해서 아이들에게 가르치고 함께했다. 아이들에게 들려 줄 이야기를 많이 준비했다. 졸음이 올 때 들려 줄 난센스 퀴즈와 유머 이야기를 외웠다. 그때 나는 재미있는 교사로 통했다. 언제부터인가 진지한 교사가 되고 아이들 앞에서 노래하지 않았지만, 그 시절은 노래 가사에 나오는 섬마을 선생님 같은 존재였다.

나는 철부지 교사였다. 사리 분별을 하지 못하고 어린아이처럼 형편없는 행동을 하는 사람이었다. 어른스럽지 못했고 중학생과 비슷한 수준에서 옳고 그름을 잘 분간 못하고 놀았다. 그중에 아이를 때렸던 기억이 있다. 학생들은 수도 없이 다양한 이유로 매를 맞았다. 시험 보고 낮은 점수로 매를 맞았고, 지각해서 맞았다. 교육적 체벌이 허용되던 사회 분위기였다. 학생들조차 자신이 잘못했으니 맞아야 한다는 생각이 지배적이었다. 애들은 맞으면서 크는 것이라고 했다. 심지어 조선 놈은 맞아야 말을 듣는다는 말을 일상적으로 들을 수 있었다. 나는 그런 인식을 바꾸고 싶어서 교육 판례를 들어가며 체벌을 단호히 반대하는 입장이었다. 반장의 구령에 따라 인사를 하는 것도 통제받는 인간과 일제 잔재 교육이라는 이유로 학생

▼ 나 홀로

에게 설명하고 시행하지 않았다. 자연스럽게 교실에 들어서며 인사를 나눴다. 인사를 받지 않는 내 행동이 당시에는 파격이었다.

한번은 1학년 1반 담임 선생님의 출장으로 일일 담임을 했다. 수업이 끝나고 종례하러 교실에 갔는데 남학생 둘이 싸우고 있었다. 착한 학생이 자신이 잘못했다면서 사과하는데, 힘이 센 녀석이 분이 풀리지 않았는지 계속 폭력을 행사했다. 나는 그 학생의 배를 때렸다. 성인이 날린 주먹에 중1 남학생은 구석에 고꾸라졌고 싸움은 끝났다. 모든 학생을 귀가시키고 그 학생을 남겨 훈계했다.

"네가 그 애보다 힘이 세지. 친구는 잘못했다고 하고 그만두고 싶은데, 네가 힘이 세서 친구를 계속 주먹을 날렸지. 내가 너보다 힘이 세지. 그럼 내가 너를 이렇게 때려도 되는 거야? 할 말 있어?"

그 아이는 아무 말도 하지 않고 고개를 숙였다. 그런데 그 아이가 배가 아프다고 했다. 무슨 근거도 없는 논리로 아이를 혼내고 고개를 숙이는 아이를 보고 의기양양해했는데, 배가 아프다는 것이었다. 순간 걱정이 되었다. 그리고 아이에게 신신당부했다.

"배가 아프면 병원에 꼭 가야 한다. 어머니께 선생님이 배를 때렸다고 하고 병원비는 선생님이 다 낸다고 해라. 어서 가라."

그렇게 말하고 학생을 보냈다. 2층 교실에서 창밖을 보니 그 학생이 무거운 가방을 메고 고개를 숙인 채 터덜터덜 운동장 한가운데를 가로질러 학교를 나가고 있었다. 그 이후 아무 일도 일어나지는 않았다. 그런데 나는 지금도 그 순간을 돌아보며 반성한다. 다시 만난다면 무릎을 꿇고라도 용서를 구하고 싶다.

"잘못했다. 그때 나는 너보다 더 어린 철부지 교사였다. 용서를 구한다. 미안하다."

5

왜, 내가 특전사야

학교에서는 학생들과 즐겁게 생활했고 수업을 마치면 교사 노동조합 사무실로 출근하여 참교육을 고민했었다. '행복은 성적순이 아니잖아요' '그래, 가끔 하늘을 보자' '죽은 시인의 사회' 등을 말하는 것은 낭만적인 편이었다. '공안 통치 종식과 정권 퇴진'의 구호를 외치고 '현 시국과 스승의 날을 맞이하는 우리의 입장'이라는 교사들의 선언이 잇따랐다. 정치적 권리가 없던 교사들의 집단행동은 징계로 이어지고 끝까지 투쟁한 교사들은 해직의 아픔을 겪었다.

학교에서는 조용한 교사였으나 학교 밖에서 벌어지는 일에 대해서는 피가 끓는 청년이었다. 내가 속한 교사 조직을 자랑스러워했고 결국은 우리가 승리할 것임을 의심하지 않았다. 산전수전 다 겪은 교육 투사들의 애환을 알았고 그들을 따랐다. 선배 교사들의 시국선언에 지지 의사를 표하자, 서명을 철회하지 않으면 징계가 불가피하다는 소식이 전해졌다. 이른바 전향서와 같은 각서를 제출할 것을 관리자로부터 요구받았다. 그럴수록 교육 동지들과 끝까지 함께하겠다는 투쟁 의지가 강해졌고 교육적 소신을 굽히지 않았다.

당시 근무하는 학교에는 교사들의 전폭적인 지지를 받는 부장 선생님이 있었다. 도덕과 선배이고 나의 철없던 행동과 어이없는 시험문제를 인정해 준 교사였다. 그분은 4·19 당시의 이야기를 해주며 신중한 행동을 조언했지만, 내 뜻을 존중해 주셨다. 내가 임용고사를 보고 발령을 받을 때, 교육청 장학사로 근무하시던 이모부가 내 신원을 보장해 줘서 교직에 나올 수 있었다는 말도 들렸다. 이모부를 생각해서라도 지지를 철회하는 반성문을 작성해서 교육청에 제출할 것을 직·간접적으로 압력을 받았다.

내 뜻과 행동에는 변화가 없었으나 우여곡절의 몇 개월이 지나고, 가을에 군대 입영 통지서를 받았다. 군 입대 휴직을 할 때 전체 교사가 송별식을 해줬고 총각 선생님들은 같이 밤을

새웠다. 심지어 여성 접대부가 있는 문턱까지 나를 밀어 넣으려 했다. 다행히 불상사는 없었지만 그게 술이 과한 누군가의 의리처럼 보였다.

3월부터 11월까지 즐겁게 지냈던 학생들과의 마지막 수업은 쉽지 않았다. 누구 할 것 없는 작별의 편지와 종이학이 날아들었다. "조국은 너희들을 믿는다." 정말 말도 안 되는 유형의 인사말을 준비했다. 입대 후 특전사에서 비슷한 문장을 보고 놀랐다. 입대 소식이 학생들에게 알려진 이후 우는 아이들을 보고 달래는 시간이 계속되었다. 지금 생각해도 순수의 시대였다. 슬픔만큼 솔직한 인간의 감정이 어디 있겠는가 싶다. 왜 우는지도 모를 정도로 서로 우는 모습을 보고 엉엉 울었다. 그 시절 우리는 학생만이 아니라 누군가와의 이별에는 눈물 한 바가지가 필요했다.

학교를 떠나 1991년 11월 25일부터 군인 신분이 되었다. 논산훈련소에 소집되어 6주 동안 훈련받을 때 대학교 동창의 친구가 소대장이었다. 훈련소 동기들은 동생뻘이었고 고향 후배도 있었다. 체력과 근성이 있는 편이라 훈련병 중에서 우수 사병으로 선발되어 포상 휴가증을 받았다. 그런데 700명의 훈련병 중 27명에 선발되어 별도 부대로 이송되었다.

“너를 어떻게 그런 부대로 보내냐?” 소대장이 뭐라고 했지만, 그 부대의 실체를 말해 주지는 않았다. 밤 12시 정도 주변을 알 수 없는 곳으로 이동될 때, 호랑이한테 물려가도 정신만 차리면 산다고 생각했다. 며칠 동안은 어디에 와 있는지 알지를 못했다. 단지 손톱과 머리털을 제출해야 되었고, 죽어도 좋다는 내용에 서명했다. 어느 날에는 창공에서 낙하산이 흰 꽃처럼 펴지는 것을 보고 탄성을 질렀다. 오가다 보이는 황금 사자 마크가 공수특전단 사령부임을 알게 되었고 훈련소 구령대에 “이곳을 거친 자여 조국은 그대를 믿노라.”라는 문구를 보고 소름이 돋았다.

1992년 연초부터 한 달 정도 개인 운동을 하고 2월 첫 주에 공수 훈련병이 되었다. 부사관으로 지원한 병사와 달리, 어떤 이유도 모르고 나의 의사와는 무관하게 공수 특전병이 되기 위한 훈련생으로 차출이 된 것이다. 훈련병을 교육시키는 교관은 특전병 중의 특전병이었다. 아침 달리기로 5km를 뛰는데, 이들은 대열의 앞과 뒤를 오가며 힘들어하는 훈련생이 낙오되지 않도록 이끌었다. 매 훈련 과정에서 차원이 다른 시범을 보였고 모든 언어는 존댓말이었다. 아침 구보 중에 힘들어서 그만두고 싶을 때는 이를 악물었다. 내가 여기서 포기하면,

▲ 군인

나중에 교사로 복귀하여 아이들에게 참고 이겨내라는 말을 하지 못할 것이라고 각성하고, 악으로 버티고 깡으로 외치며 견뎠다. 훈련 중에는 제발 오늘 내 다리가 부러지길 희망했다. 고의로 자해하면 범죄지만 다치면 병원에서 요양할 수 있을 것이라는 기대로 하루를 시작했다. 일과가 끝나고 내무반에 있을 때는 거의 걸음을 걷지 못했다. 안티프라민, 맨소래담 등 소염제로 실내에서는 눈이 따가울 정도였고 계단을 오르고 내리는 것이 괴로웠다. 관절과 근육이 혹사당했다. 취침 전까지는 학생들이 보내 준 편지를 반복해서 읽었다. 잠을 잘 때는 아이들을 번호대로 떠올렸다. 하루는 3반, 다음날은 4반… 그렇게 이어가며 아이들의 얼굴을 떠올렸다. 하루를 견뎌낸 육체는 한 반의 아이를 모두 소환하기 전에 곯아떨어졌다.

공수교육단에서의 훈련을 마치고 자대 배치를 받았다. 내가 가장 가고 싶지 않은 부대에 배정되었다. 3공수 특전여단이었다. 우리나라 태권도 부대로, 다리 찢는 기계가 있다고 훈련병들 사이에 알려져 있었다. 남한산성 근처의 부대에서 태권도 집체 훈련을 할 때 다리 찢는 기계가 선임 병사였음을 알게 되었다. 고참 병사들은 나를 "야, 선생."이라고 불렀다. 선생 대우는 하지 않으면서 그렇게 불리는 것이 싫었다. 이런저런 훈련과 부대 생활을 마치고 1993년 12월 23일에 민간인이 되었다. 그날 내가 근무했던 특정대 대장부터 막내까지 전 대원이 부대 정문까지 배웅을 해줬다. 유례없는 일이었으나 부대는 돌아보고 싶지도 않았다. 군에서 있던 일은 제대 후 한마디도 안 할 것 같았지만, 남자 고등학교에서는 제법 먹히는 이야기가 많았다. 군에 있으면서도 내 몸에는 여전히 교사 DNA를 간직했기에 많은 어려움을 이겨냈다. 지금은 TV 프로그램 '강철부대'에서 내가 나온 부대를 응원한다. 몸이 기억하는 것은 무서운 일이다.

6

꽃과 종이학이 날아들어

제대 이후 복직한 학교는 역사와 전통을 자랑하는 여자 중학교였다. 훈남은 아니지만 총각과 학생을 잘 이해한다는 특성으로 학생들 사이에서 최고의 인기를 누렸던 시절이었다. 지금의 아이돌 정도는 아니었어도 연예인이 부럽지 않을 정도였다. 등교하면 책상 위에 꽃이 놓여 있었고 이름 모를 소녀의 편지가 날아들었다. 종이학을 천 마리 접어서 유리병에 담아서 선물하는 학생이 많았다. 학교 앞 문방구에는 장미와 안개꽃 등이 늘 싱그럽게 사춘기 소녀의 마음을 기다리고 있었다. 급기야 나는 학생들에게 꽃을 좋아하지 않는다고 말했다. 처음에는 아름답지만 시들어 버리는 것이 싫다고 거짓말을 진심처럼 말한 이후에야 꽃 배달이 줄었다. 넥타이, 티셔츠, 양말, 손수건, 초코릿 등 여러 품목의 선물을 받았다.

나는 받는 것보다 주는 것을 좋아했고 내 월급의 10분에 1은 학생들에게 써야 한다고 생각했다. 학생들에게 많은 간식을 제공했고 학급 잔치를 매월 풍성하게 열었다. 진실이 통하는 공동체라는 이름으로 다양한 학급 행사를 했다. 관리자의 허락을 받지 않고 학급 전원이 주말에 을왕리 해수욕장을 갔을 때는 바다에 빠질 뻔한 아이를 고등학생이 구해 준 일도 있었다. 나를 물 먹이려고 달려드는 아이들을 모두 바다에 빠트리다가 아이의 손에 잡혀줬다. 이때가 기회라고 달려드는 아이들에게 옷이 다 찢겨서 집으로 돌아오는 버스에서는 덩치가 큰 학생의 옷을 빌려 입고 온 일이 있었다. 학교에서 야영한 일도 기억에 남는다. 토요일 밤에 흰 소복을 입고 귀신처럼 아이들을 놀려주고 과학실에 있는 동식물 박제와 해부 물품 만지고 오기 등 요즘 TV 예능 프로그램에 나오는 놀이를 했다. 자정에 없어진 아이가 있었고 유리창에 기대앉아 담배를 피운 아이, 성적 갈등으로 다툼을 벌이는 아이들, 방송실 카메라를 파손한 일 등 많은 일이 있었지만 재미있고 아름다운 추억이었다. 매월 학급 잔치와 생일 파티를 했고 학년말 행사는 관악산 등반을 했다. 서울대를 견학하고 관악산 정상 등반 후 연주암에서 제공하는 점심을 먹었다. 나는 선두에서 길잡이 역할을 하고 아이들을 잠시 쉬게 한 후, 대열의 후미로 달려가 힘든 아이를 끌어주었다. 제대한 지 얼마 되지 않아 몸이 가벼워서, 처음 악산을 등반하는 소녀들의 어려움을 생각하지 못했다. 지금 생각해 보면 아이들이 얼마나 힘들었을까 싶다.

등나무 아래에서 눈물을 뚝뚝 흘리며 상담하고 연못가에서 뛰놀았던 교복을 입은 아이들이 교표와 함께 생생하게 기억에 남아 있다. 그때 그 아이들이 이제는 40대 중반이 되어 불쑥 연락하는 일이 있다. 지금은 나의 열혈 독자가 되어 준 아이, 변호사 개업했다고 밥 사러 오는 아이, SNS에서 맞팔하는 아이, 외국에서 나의 근황을 지켜보는 아이, 아이 키우기 힘들다고 연락한 아이 등 그때 나에게 꽃과 종이학을 날린 아이들은 오늘도 내 마음에서 아름답게 피어나 날고 있다.

착하고 성실하고 마음씨 고운 아이들보다는 그때 속 썩인 아이들이 더 많이 기억에 남는다. 내가 처음으로 체벌했던 3명의 학생이 특히 그렇다. 수업 방해와 지나친 규정 위반으로 시 암송, 운동장 삽질, 약속 카드를 땅에 묻고 꺼내서 확인하기 등을 수차 반복해도 변화가 없어서, 부모님의 허락을 받고 방과

▲ 꽃

후에 체벌한 일이 있다. 실내화를 신고 거리를 활보해서 랜드로바를 사주었고, 남의 옷을 입고 다녀 옷을 빨아다 책상 위에 올려놓았으며 수학 여행비와 보충수업비 등을 써버려 대납해준 일도 많다. 담배를 피우다 방송실에 남겨 훈화하다가 수업을 다녀오니, 방송실에 가득 담배 연기를 남기고 사라진 그 아이들이었다. 그런데 그중 한 아이에게서 연락이 왔다.

"선생님, 지금도 제 손 잡고 계시죠?"

"응, 물론이지!" 대답은 그리했지만 좀 찔린 순간이었다. 중

2 때 가출해서 주유소에서 찾아냈던 그 아이였다. 그런 녀석이 전화를 걸어 한 말이었다. 내가 학생들에게 그런 말을 했었다. "사람과 손을 잡지 않으면 몰라도, 잡았다면 그 손을 놓지 않는 것이 덕(德)이다." 그 말을 기억하고 전화한 것이다. 그래, 난 제자의 손을 놓은 적이 없다. 멀리 가려는 학생일수록 손을 더욱 늘려 잡아 주고 싶었다. 벼랑 끝의 한 아이를 찾는 것이 무리에 있는 다수의 아이보다 더 소중하다고 생각했다.

또 다른 학생에게서도 연락이 왔다. 이름을 바꿨지만 독특한 머리 모양에 얼굴의 주근깨와 입을 삐죽이는 외모와 행동들이 모두 기억에 생생하다. 반갑고 자기를 기억해 주는 것이 좋아서 이야기보따리를 늘어놓는데, 나는 그 아이를 때린 미안함이 늘어 갔다. 나는 그때 그것이 교육적 노력이라고 생각했지만, 그렇게 귀한 어린 소녀를 때렸던 것을 후회한다. 용서받고 싶다. 그 아이는 그때처럼 착하게 선생님 은혜라 하고 가장 좋은 선생님으로 기억한다며 울먹였지만, 나는 그 울음이 내 마음에 뚝뚝 떨어져 흘러내렸다.

7

덩굴장미가 필 때면

공원과 아파트 단지에 덩굴장미가 피어난다. 덩굴장미가 피어오를 때면 잠시 긴장을 한다.

'엄마 생신이 언제더라?' 나는 어머니 생신 날짜를 정확하게 기억하지 못하고 산다. 덩굴장미가 필 때면 막연히 어머니 생신이 다가온다는 걸 알 따름이다.

군 제대 후 교직에 복직하여 생활할 때의 일이었다. 동료 교사가 좋았고 학생들이 예쁘기만 했던 새내기 교사 시절이었다. 그때 잘 어울리던 선생님들은 '독수리 5형제'라고 불렀다. 우리는 '지구를 지키는 5형제'가 아니라 '학교를 지키는 5형제'

였다. 교직을 원했던 젊은 교사들이 의기투합했으니 두려움과 거침이 없었다. 관리자의 지시보다는 학생을 우선했고 협의해서 결정한 사항은 힘을 모아 완수했다. 학교에서 지내는 시간이 즐거워서 우리는 제때 퇴근하지 않았고, 늦은 밤까지 학교 주변을 배회할 뿐 아니라 교실에서 몰래 잠을 자기도 했다. 신선놀음에 도낏자루 썩는 것도 모른다는 말처럼, 동료와 놀다 보니 자연스럽게 가정에 소홀한 일이 많았다.

그 시절 나는 어머니와 단둘이 작은 아파트에 살았다. 어머니 생신 전날 출근을 하며 감사한 마음을 전할 수 있는 선물을 사기로 마음먹었다. 무엇을 살까, 고민하면서 퇴근하려는데 독수리 5형제의 막내가 느닷없이 다가와 "형, 오늘 술 한잔해요!" 하는 것이었다. 거절 못 하는 나는 "좋지!" 하며 단골 선술집으로 향했다. 이런저런 교육 문제와 학생들 얘기를 하다 보니 술자리가 길어져 자정쯤에 집으로 돌아갈 수 있었다. 택시비를 내고 보니, '이런, 엄마 생신 선물 살 돈을 다 써 버렸네.' 술기운에도 미안한 마음이 들어 뭔가 선물을 준비하려 했고, 그때 아파트 울타리에 소담하게 피어난 덩굴장미가 보였다. 군 철조망을 뭉개듯 녹색 울타리를 올라 가장 예뻐 보이는 덩굴장미를 꺾어들고 도둑 쥐처럼 집에 들어갔다. 변변한 꽃병도 없었기에, 식탁 위에 꽃을 두고 잠이 들었다. 나는 여중 도덕 선생이었다.

다음날 식탁 위에 덩그러니 놓인 장미를 보며 어머니께 "엄마, 생신 축하드려요."라고 말씀을 드렸다. 어머니는 "싱겁기는! 그래, 고맙다." 하시며 웃어 주셨다. 어머니는 장미꽃처럼 함박웃음으로 활짝 피셨다. 반면에 나는 진홍으로 붉게 피어

▼ 사랑이란

오른 장미보다 속이 타들어 갔다. 죄송한 마음에 도망치듯 집을 나섰다. 그런 허둥대는 나의 뒷모습조차도 어머니는 즐거우셨을 것이다.

퇴근하며 아파트 담장에 피어오른 덩굴장미를 본다. 대낮에 맨정신으로 여고 윤리 선생이 울타리를 탈 수는 없다. 집에 들어가도 어머니는 없다. 지금은 형 집에서 살고 계신 어머니를 마음에서만 불러 본다. 아내와 상의해서 장미 대신 돈 몇 푼 보내고 인사치레한다. 덩굴장미가 울타리에서 사라질 때쯤 터벅터벅 무거운 발걸음을 재촉한다.

'때는 늦었다. 장미는 졌다.'

8
교사와 교장 사이

"선생님은 왜 교사가 되셨어요?"

교사를 하면서 가장 많이 받은 질문 같다. 나는 숨김이 없다. 말하지 않을지언정, 거짓을 말하지 못하고 있는 그대로 드러낸다. 곤란한 질문에는 더 진지해진다.

"선생님이 되고 싶어서, 교사를 하고 있어요." 이어서 그 꿈을 갖게 된 고등학교 시절의 이야기를 늘어놓았다. 나는 시골에서 많지 않은 학생들을 모두 기억해 주는 선생님들의 사랑을 받으며 중학교까지 다녔다. 그리고 청운의 꿈을 안고 고등학교로 진학했을 때, 인천은 한 학급에 60명이 넘었으며 나는 졸업까지 담임과 진지한 상담을 해본 기억이 없다. 시골에서

도시로 올라와 청소년기를 겪으면서 고민이 많았고, 선택의 상황에서 조언을 구하고 싶었지만, 내게 도움을 주시는 선생님을 발견하지 못했다. 막연하게 교육이 잘못되었다는 생각과 고민하는 청소년들과 이야기를 나누는 좋은 선생님이 되어야겠다고 마음을 먹게 되었다.

한번은 야간 자습 시간에 뒷자리에서 질문하는 친구를 돌아보다가 복도로 불려 나가 따귀를 맞았다. 고등학교 시절 나는 칸트처럼 윤리로 무장한 학생이었다. 학교 규칙을 누구보다 잘 지켰고 친구들의 공부를 방해할 리는 만무했다. 강제로 모든 학생이 야자를 할 때였고, 그날 감독은 학교에서 제일 무서운 선생님이었다. 눈이 마주치기만 해도 매를 들었다. 하필 말썽꾸러기 친구가 어깨를 잡아서 되돌아본 것인데, 억울하게 불려 나가서 맞았다. 야자가 끝나고 모든 학생이 귀가했을 때, 운동장 스탠드에 앉은 채 뒤늦게 끓어오르는 억울함을 억제하기 어려웠다. 내가 맞으려고 인천에 왔나 생각했다. 그리고 다짐했다. "내가 너보다는 좋은 선생이 될 거다." 그렇게 감정을 승화시키며 교사의 꿈을 확고히 했다. 내가 교사가 된 후 그 선생님을 몇 차례 보았고 대화를 나눈 적이 있는데, 그 시절의 일을 기억하지는 못하고 있는 것 같았다.

나는 고등학교 때부터 윤리를 좋아했다. 만약 교사를 다시 한다고 해도 윤리 과목을 선택할 것이다. 윤리 교과가 학생의 가치관·세계관·자아관에 가장 큰 영향을 미치는 교과라고 생각하기 때문이다. '가치관은 마음의 창'이라고 학생들에게 설명한다. 창이 지저분하면 세상은 탁하게 보일 것이고, 창이 맑다면 세상은 그대로 보일 것이다. 창의 색에 따라 세상은 그렇게 보일 것이다. 창이 작다면 세상은 작을 것이고, 넓은 창을 가진다면 세상을 그대로 담아낼 시선을 갖게 될 것이다. 쉽게 깨지는 유리창도 있으나, 대포를 견뎌내는 방탄유리도 있다. 쉽게 상처받는 마음도 있고, 회복 탄력성 강한 마음을 가진 사람도 있다. "얘들아, 넓고 맑고 튼튼한 마음의 창을 갖자. 그런 창으로 세상을 담고 살아가 보자. 강하고 담대하게 그리고 감사하며 살자." 이 말을 남긴다.

고등학교 시절 선생님의 행동이 교사의 꿈을 준 것처럼, 신설 학교 교장의 횡포가 나에게 교장의 꿈을 주었다. 개교 첫해에는 20여 명의 교사가 가족 같은 분위기에서 학교 기틀을 잡기 위해 애썼다. 학교장의 교육관과 경영 철학이 교풍 진작과 교원의 화목에 절대적인 영향을 미치는 시기였다. 나 또한 개교 원년의 일원으로 동료 교사와 갈등 없이 즐겁게 학생들과 생활하고 있었다. 그런데 교장은 아니었다. 교육청에서 인사권을 경험해서인지, 독단과 독선으로 학교를 마음대로 운영하려는 모습을 보였다. 일일이 그것을 이야기할 이유는 없다.

그때 나는 풋내기 교사로, 경험이 적었고 교육적 소신을 간직하고 있었다. 순수함과 열정을 지녔기에 세상을 바로 볼 수 있던 시기라고 할 수도 있다. 교무 수첩을 제출하라는 교감의 전달에 나만 거부했다. 학교 상조회 총무를 할 때, 관내 고등학교가 전국 축구 대회에서 우승했다고 학교 상조회 이름으로 금일봉을 준비하라는 것이었다. 상조회 총무라는 자리가 그야말로 어떤 힘도 없었지만, 나로서는 수용하기 어려운 명령이었다. 통장에서 한 푼도 꺼낼 수 없다고 말하자, 그 자리에서 잘렸다. 이와 유사한 사례를 접하면서 내 안에 꿈이 생겼다. 교장이 그렇게 자기 마음대로 학교 교육을 쥐락펴락했다면 나도 그 자리에 올라가서 제대로 학교를 경영하고 싶어졌다. 교장의 전횡은 일반적인 조직에서는 통할 수 없는 경영권자의 폭력이고 학교라는 조직의 비민주성을 여실히 보여 주는 사례라고 생각했다.

나중에는 교장도 나를 그런대로 악의가 없는 교사라고 인정한 것 같았다. 그리고 다음 학교에서 3학년 부장을 하다가 회식 자리에서 진심이 드러났다. 한창 분위기 좋아지고 서로 마음에도 없는 칭찬과 의기투합의 시간이 이어지고 있었다. 교장에게 술을 따르고 연달아 몇 잔을 받아 마시다가 마음속의 이야기가 나왔다. "교사의 미래는 교장이라고 할 수도 있는데, 아직까지 좋은 교장을 경험하지 못한 것이 교육계의 불행이라고 생각합니다." 주변 분위기가 얼어붙었다. 당시 분위기로 보면 교장이 잔을 던질 만한 이야기였다. 회식자리에서 교장과 싸우려고 던진 말이 아니라, 그게 그 당시 나의 진심이었다.

나는 행복하게 교사를 했다. 당시 술자리에서 소개했던 '국가대표 교사' '동급 최강의 교사'는 아니었고 교장이라는 자리에 오르지 못했다. 그런 말들이 치기 어린 우스갯소리 정도였다. 아직도 함량 미달의 교장들이 학교를 어렵게 만들고 있지만, 다행히 교직에 있는 동안 곁을 내준 좋은 교장선생님을 경험할 수 있었다. 지금도 연락하는 존경하는 분들이 생겼다.

9
수업의 주인은 학생

나는 노래 경연 프로그램을 좋아한다. 노래하는 사람의 진정성과 절실함이 감동으로 전해지기 때문이다. 그리고 나도 학생들에게 한 번쯤은 감동적인 수업을 하고 싶다는 욕심을 갖고 있다. 나는 내 수업에 대한 자부심이 있었다. 수업 준비를 충실하게 했고 학교생활 중 수업을 할 때가 가장 즐거웠다. 첫 발령지에서부터 지금 학교까지 일관되게 수업의 원칙을 지키려 했다.

그 첫째 원칙은 수업의 주인은 학생이라는 것이다. 주인과 주인이 아닌 존재의 차이를 사례를 들어가며 설명했다. 하수인, 노예, 집사, 손님, 물건 등과 주인의 차이를 학생들이 생각해 보게 한다. 그리고 학생이 수업의 주인답게 학습할 것을 요구한다.

둘째 원칙은 함께 만들어 가는 수업을 하자고 제안한다. 미리 정해진 틀에 의해 같은 물건을 찍어내는 듯한 수업을 경계했다. 학생, 학급마다 차이가 있고 그 특성을 존중하여 같은 내용을 학습해도 수업의 모습은 다양할 수 있다고 강조한다. 이어서 학생들의 이름을 부르고 질문을 받는다. 1분 정도 묻고 답하는 것이 첫인사인 셈이다. 그렇게 인사를 나누는 시간을 갖고 나서 이후에 수업과 만남을 통해 더 깊은 대화를 나누려고 노력한다.

두 번째 수업 시간에는 내 수업에 대한 희망 사항을 담아 세 가지 정도 교사의 변(變)을 토한다.

첫째, 내 수업은 '? → !'로 변화하길 희망한다. 끊임없이 질문을 던질 것을 강조한다. 질문을 던지는 것은 비판적 사고, 창의적 삶의 출발이다. 세상에 당연한 것은 없다. 수업 시간에 쉼없이 물음표를 던져가며 자신을 성찰하자고 한다. 자신에게 던지는 내적 질문(?)이 깨달음(!)으로 변화되길 희망한다. 소크라테스의 말처럼 비판적으로 성찰하지 않는 삶은 살 가치조차 없다.

둘째, 'no → on'을 희망한다. 남들이 모두 '아니다(no)'라고 읽을 때, 반대 방향·다른 관점·동양적 사고로 '예(on)'라고 보는 관점을 설명한다. 부정과 비판을 통한 긍정의 힘을 만들어 보자는 의미도 있다. 마치 '내 힘들다'를 반대쪽에서 읽으면 '다들 힘내'가 되는 것처럼, 그런 시간이 되기를 희망한다.

셋째 'like → love'를 희망한다. 좋아하는 것(like)와 사랑하는 것(love)의 차이는 무엇일까? 겉은 같지만 속은 다른 것. 좋아하는 것은 나의 감정이고, 사랑하는 것은 공감하는 것. 좋아하는 것은 나를 고집하는 것이고, 사랑하는 것은 나를 버리는 것. 겉으로 드러난 현상 너머의 본질을 탐구해 보자고 말한다.

나는 수업을 통해 지식보다는 지혜를 얻기를 희망했다. 정보보다는 통찰력을 염두에 두고 수업 내용을 전개했다. EBS 상담교사단을 하면서 어느 교사가 말한 것을 변형해서 학생들에게 말하기 시작했다. 출처는 정확하지 않으나 그 말이 좋아 마음에 두고 수업 시간에 학생들과 그 의미를 나누기 위해 노력했다.

나에게 필요한 지식은 암기하는 정보가 아니라 생각하는 힘이다. 현학적인 수사가 아니라 마음을 움직이는 메시지다. 빈

▶ 67세 학생

틈없는 논리가 아니라 비어 있는 공간이다. 사고를 구속하는 것이 아니라 더욱 자유롭게 하는 것이다.

내가 필요로 하는 지식은 엄격히 구분 짓는 잣대가 아니라 경계를 넘나드는 이해다. 말하는 쪽의 입이 아니라 듣는 쪽의 귀다. 머리를 높게 하는 것이 아니라 마음을 낮게 하는 것이다. 책 속의 깨알 같은 글씨가 아니라 책을 쥔 손에 맺힌 작은 땀방울과 행동이다.

10
쑥스러운 스승의 날

학교에서 아이들과 뛰어노는 것을 좋아하니 내가 외향형이라고 말하는 이가 많다. 사람을 일면으로만 볼 수 없다지만 나는 사실 내향형에 가깝다. 쑥스러움을 많이 타고 남 앞에 나서는 것을 그리 좋아하지 않는다. 맡겨진 일에는 책임을 다하려 하고 모든 사람은 존귀한 존재이기에 정성을 다하려는 공적인 영역을 보고, 나를 외향형이라고 짐작하는 것 같다. 그런데 나는 광장에서 동굴로 들어서면 생각이 복잡하고 마음 쓰는 일이 많다.

내가 주인공이 되는 날에는 조용히 사라지고 싶어 하는 성향이 그렇게 생각하는 이유 중의 하나다. 그 대표적인 날이 생일과 스승의 날이다. 생일이 음력이라서 나도 모르고 지나가는 일이 있고, 스승의 날에는 학교가 잠시 문을 닫기를 희망한다. 스승으로 대우하지도 않는 사회 분위기에서 언론과 학생들의 놀잇감이 되기도 하여 서글퍼질 때가 있다. 그래도 기억에 남는 스승의 날도 한 손가락에 꼽을 만큼은 있었다.

스승의 날에 등교하면 책상 위에 선물과 편지가 나를 반겼다. 학생 조회를 하고 꽃을 달아주고 노래를 불러줬다. 교실에 들어서면 칠판에 가득한 애정의 흔적들과 천정에는 풍선이 매달리고 발걸음마다 꽃을 깔아 놓기도 한다. 진심으로 '가르친다는 건 희망을 노래하는 것'이라고 화음에 맞춰 불러준 학생들의 노래는 아직도 기억에 생생하다. 그런데 다수의 선생님은 학생들의 노래를 들으면서 교사로서 보람과 기쁨을 느끼지는 않는 것 같다. 오히려 조용히 찾아와 마음을 전하는 진정 어린 손 편지에 눈시울을 숨긴다.

무슨 경쟁도 아니지만 선생님들의 책상 위에 놓이는 선물에는 차이가 있다. 맡은 일에 따라 학생과 접점이 적은 교사는 동료 교사를 보면서 더 씁쓸해지는 일도 있다. 앞자리에 앉은 선생님 앞으로 케이크가 배달됐다. 그런데 그 내용이 감동이었다. "엄마는 제 삶의 최고 선생님이십니다." 딸이 감사의 편지

▲ 스승의 날

와 선물을 보낸 것이다. 훌륭한 자녀를 둔 그 선생님을 사무실 선생님들이 함께 축하해 줬다. 그런 딸이니 엄마 닮아 행복한 가정을 이루며 잘 살 것이라 믿었다.

스승의 날에 공식적인 일정이 없으면 대개 매시간 같은 수업을 반복한다. 노래 듣고 박수받으면 학생들은 이야기해 달라고 하고 놀자 한다. 몇 시간을 견디고 몇 건의 문자 메시지를 확인하면 퇴근 시간이 된다. 조퇴를 쓰지는 않고 도망치듯 학교를 빠져나온다. 산에 오르는 날도 있고 조용히 집에서 제자들을 생각한다. 한 해 한 해 지날수록 교사로서 자신이 없다. 이제 떠나야 할 때인지 생각하게 된다. 휴대 전화를 그냥 자꾸 본다. 그래도 생각나는 제자는 연락이 없다. 부질없다. 그게 우리 교사들이다. 스승의 날에 서글픈 생각이 많다.

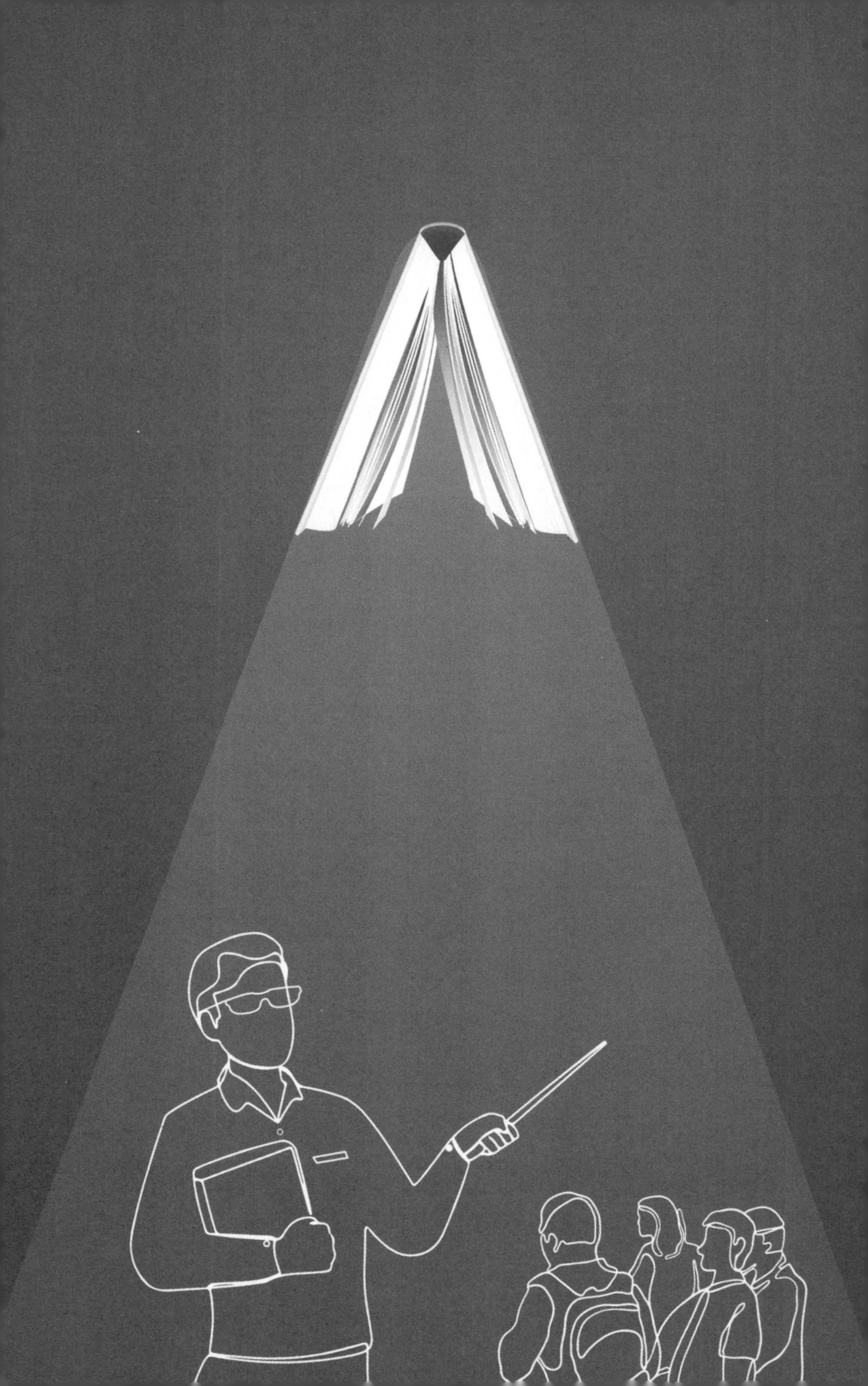

2부

사랑하는 교단(教壇)에서

1

이러다 죽는 것 아냐

고3 담임은 극한 직업이라고 생각했다. 3학년 부장을 할 때는 학생부 선생님보다 일찍 출근하고, 야간 당직 기사와 인사를 나누며 퇴근했다. 잠자는 가족을 보며 출근하고, 퇴근하면 잠자는 가족을 보는 날이 많았다. 주말은 물론이고 주일까지 근무했던 시절이 있었다. 그게 미안해서 눈을 뜨고 있을 때는 힘을 다해 아들과 놀아주고 가사 노동을 전담했다. 내 자식이 귀여워서 남의 자식이 귀한 걸 알았고, 학생 옆에 교사가 있을 때와 없을 때의 차이가 크다는 것을 알았기에 학생 옆에 있으려 했다. 학교에 오전 7시부터 밤 11시까지 있던 시절이었다.

어느 날은 너무 힘이 들어서 3학년 담임에게 힘들지 않은지

▲ 야간자율학습

물었더니, 그 선생님은 이러다 뭔 일이 날 것 같아서, 교무 수첩에 죽을 것 같다는 메모를 남긴다고 했다. 그래야 순직 처리라도 될 것이라는 말이 가슴 아팠다. 힘들다고 해서 요령을 부릴 수 없었고 죽기 살기로 진학지도에 전념했다. 다행히 학생들이 잘 따라 줬고 입시실적도 좋았다. 그 당시에는 모의고사를 볼 때마다 학교 간 성적을 비교하고 자체적으로 성적 분석과 향상 방안을 세워야 했다. 마치 교사가 대학을 보낸 것처럼 자랑하고 치하했던 시절이었다. 지금 생각해 보면 왜 그랬을까 싶은 것이 많다.

한 학년에 17반이나 되는 여고에서 담임 겸 총무를 3년간 했다. 3학년 담임을 하면서 총무를 할 때는 3학년 1반 학생들과 추억을 담은 타임캡슐을 학교 동산에 묻었다. 그리고 학생들이 31세가 되는 해의 3월 1일 3시 1분에 만나기로 약속했다. 학교를 옮기고도 한 번씩 그 나무 아래에 갔고 그 아이들을 생각했다. 아이들과 만나기로 약속한 날에는 비가 부슬부슬 내렸다. 참가하지 못해 죄송하다는 몇 명의 학생과 통화를 하고 벚나무 아래에 설레는 마음으로 갔었다. 홀로 주변을 맴돌았다. 아직 타임캡슐을 열지 못했고, 다시 만날 날을 기약하지도 못했다. 타임캡슐이 영원히 그 자리에 묻혀 있는 것도 나쁘지 않다고 생각하게 되었다. 벚꽃 길이 예쁘고 연못 옆에 느티나무가 있던 그 학교는 내 마음에서 영원히 푸르고 아름답게 남아 있을 것이다. 그 나무가 늘 그 자리에서 아이들에게 그늘과 쉼을 주었듯이.

돌아보면 교사 생활의 전환점은 그 학교에서 3학년 부장을 했을 때인 것 같다. 3학년 부장으로 힘들었지만, 그때의 그 마음과 열정이 있었기에 나는 한 단계 더 성장할 수 있었다. 잘 가르치려 노력했고 학생 곁을 지키려 했다. 자율학습 지도에 초과근무 시간은 이미 상한 시간을 초과했고, 심지어 바바리맨을 잡기 위해 숲에서 잠복근무까지 했다. 내가 자리를 비우면 그만큼 아이들에게 소홀할 수밖에 없다고 생각해서 외부모임과 출장은 극도로 자제했다. 대입 자기소개서와 추천서를 수도 없이 쓰고 첨삭했다. 수시 기간에는 거의 죽음이었다. 한 명이라도 더 대학에 합격시킬 방법을 연구했다. 학교에서 논술 지도를 했고 대학 입학처를 방문하며 입시 관계자를 학교로 유치하고 유대를 강화했다. 그런 경험들이 이후에 입시 실용서를 쓰는 자양분이 되었다.

힘든 시절, 옆에 있었던 동료, 후배 교사도 많이 생각난다. 참 고맙다. F4라고 불렸던 남교사들이 있었다. '꽃보다 남자'가 유행할 때 학년에 4명의 남교사가 있었고 나는 시아준수로 불렸다. 그다음 해에 3학년 부장을 할 때는 남자 담임이 한 명이었다. 어려운 사정이 있었는데 삼고초려 끝에, 나의 부탁을 들어줬다. 나는 지금도 그 교사를 누구보다도 신뢰하고 좋아한다. 어려운 시절 같은 학년을 해준 담임들 모두 좋았다. 수능과 입시 지도를 모두 마치고 제주도로 학년 해단 여행을 떠났던 일도 기억에 남는다. 다시 모여 한 편의 아름다운 영화 같았던 그 시절을 잠시 살고 싶다.

2
만수 300 프로젝트

입시 업무로 몸과 마음이 지친 상태에서 학교를 옮기는 시기가 되었다. 주변 학교에서 3학년 부장 교사로 초빙하고 싶다는 러브콜을 받았다. 3학년만큼은 피하고 싶었다. 그런데 초빙을 거절해도 3학년을 할 것 같았다. 당시에는 3학년 담임이 기피 업무였기에 전입 교사를 3학년으로 배정하는 일이 많았다. 그때 마침 집 근처에 남자 고등학교가 개교할 예정이었다. 나에게는 안성맞춤이었다. 1학년만 있을 테니 자연스럽게 입시와 거리를 두게 된다는 것이 마음에 들었다. 신설 학교로 인사 희망을 제출했는데, 얼마 뒤 중국에서 가족 여행을 하는 중에 잘 아는 교장선생님이 전화했다. 그분이 그 개교 학교 교장이 되었으니, 귀국하면 개교 업무를 맡아달라는 것이었다. 같이 근무할 때 후배들의 존경을 받는 좋은 분이었기에 흔쾌히 승낙했고, 눈 내리는 1월 초 외형만 갖춘 추운 학교에서 책걸상을 사는 일부터 학사일정을 짜는 것까지 다양한 일을 배웠다.

개교 첫해의 신입생은 300명이었다. 중학교 내신을 보니 대부분 50% 이하였고 100%에 초 근접한 학생들이 많았다. 인근 중학교에서 의기투합한 학생들이 모여들었다는 소문과 신설 학교를 지원하면 떨어지지 않는다는 근거 없는 정보 탓에 그야말로 어려운 학생이 대다수였다. 나는 처음에는 연구부장 정도를 맡을 것으로 알았는데 1학년 부장이 되었고, 연속해서 2학년 부장, 3학년 부장을 하면서 개교 당시 300명의 학생과 동고동락했다.

1학년 부장을 맡은 나는 학생들에게 영화 '실미도'에 나오는 교관과 같은 비전을 제시했다. 군번조차 없는 병사들을 훈련하여 인간 병기로 만들어 내고, 마지막에는 장렬한 산화로 책임을 다한 영화 속 장교가 되고 싶었다. 외화 '300'을 학생들에게 보여주고 그런 전사가 되자고 교육했다. 대표적인 예가 '만수 300 프로젝트'였다. 후문이지만 내가 학교에서 처음 고안해 낸 용어들이 이후 책 표지나 드라마 속 대화에서 등장하는 일이 여러 건 있었다. 당시 상황에서 창의적으로 고안해 낸 말이지만 그것들이 터무니없는 것이 아니라는 위안이 생겼다.

체력 300은 1학년 때는 팔굽혀펴기 100개, 2학년 때는 200개, 3학년 때는 300개를 하는 것이었고 이것을 학생들에게 잘 설명해서 수행평가로 반영했으며, 지속해서 함께 운동하는 분위기를 조성했다. 입학 당시에 팔굽혀펴기 10개를 못 했던 학생

▼ 축구

들도 1학년 말에는 거의 다 100개 이상씩 했다. 독서 300은 학급별로 《먼나라 이웃나라(이원복 저)》를 1권부터 10권까지 모두 읽는 독서 운동이었다. 300권의 책을 기증해 준 교사이자 학부모님 덕분에 가능한 일이었다. 학급에서 공동 독서를 하고 옆 반으로 전달하며 결국 《먼나라 이웃나라》를 완독하는 것이었다. 그렇게 이런저런 프로젝트를 수행하며 아이들은 긍정적으로 변해 갔다.

처음에는 힘든 일이 많았다. 거의 매일 학생 간의 다툼이 있었고 교내 흡연과 기물 파손 행위가 큰 골칫거리였다. 내가 꺼낸 카드는 다시 만수 300이었다. 목재를 깎아 매직으로 '만수 300'이라고 굵게 쓰고, 학생과 학부모가 약속한 행위를 위반하면 체벌하는 것이었다. 먼저 신설 학교의 학풍을 만들자고 학생과 학부모의 동의를 얻었다. 아침에 지각하면 팔굽혀펴기와 운동장을 뛰었고 교내 흡연은 '만수 300' 봉의 아픔을 경험했다. 체벌 전 학생이 충분히 인정한 행위일 때 체벌했다. 여선생님과 나이 많은 선생님께 대드는 학생들은 가차 없이 손발을 날렸다. 그리고 퇴근 무렵 심한 위반 학생들은 학교 앞 식당에서 고기를 사주고 맥주를 함께 마셨다. 개별 맞춤 교육을 하려 했다. 교육법전에 없는 행동들을 했다.

나는 학생들과 운동하는 것을 좋아했다. 수업과 방과후 시간 등에 학생들의 상황을 고려하여 축구를 자주 했다. 함께 뛰고 학생에게 어시스트를 하고 시합 후 음료를 사는 일이 많았다. 비가 오는 날 운동장에서 뛰고 미끄러지는 경험은 또 다른 즐거움이었다. 어찌 보면 걱정스러운 일이 많았지만, 교장선생님은 다 알고도 눈감아 주었다. 끊임없이 학교 운동부를 만들라는 교육청과 유관 단체의 압력을 다 견뎌내신 교장선생님은 작은 거인이셨다.

화장실에서 담배 연기가 자욱하고 사물함 속에 던진 꽁초에서 불이 날 뻔했던 일은 사라졌고 금연 학교가 되었다. 인근 주택가에서 흡연하는 아이들이 늘어났다. 학생들과 교감하며 서로가 인정하는 행위를 하다 보니 학년이 올라갈수록 일이 수월했고 만수 300을 사용하는 일은 없어졌다. 목적이 좋을지라도 학생에게 체벌한 것은 내내 미안하다. 많이 맞은 학생들을 거리에서 보면 사과하고 싶다. 그중에 교문 지도를 하다가 지각이 잦아 벌을 주고 때린 학생이 있었다. 나중에야 그 학생은 부모님이 안 계시고 차비가 없어서 주안에서 만수동까지 걸어오느라 지각한 것임을 알았다. 그런데도 이유를 대지 않고 맞았던 착하고 성실한 제자였다. 정말 많이 미안하다.

300명의 학생은 기대대로 잘 자라 주었고 학교도 지역사회에 뿌리를 내렸다. 열과 성을 다하며 하나의 팀이 되어 준 담임들과 교직원 그리고 학부모님의 지지가 있었기에 가능한 일이었다. 감사한 일이다. 수능 이후 졸업여행을 다녀온 추억이 있다. 사고 위험이 높은 시기에 용평스키장을 누볐던 만수 300의 전사들에게 감사한 마음을 전한다. 안전하고 즐거운 졸업여행을 다녀온 것만으로도 그때의 학생, 학부모, 교직원은 모두 멋진 분들이었다.

3

인천대교를 건너며

설레는 마음에 입술이 탄다. 윤리 수업을 좋아하는 학생들을 만난다는 설렘에 심장이 요동한다. 살아 있음의 증거다. 학생 선발 업무를 맡아 정규 수업이 없을 때 학생 요청으로 수업하게 되면 기쁨이 배가 된다. 입학담당관은 시기별로 치러내야 하는 행사가 많고 전화상담은 하루에도 몇 시간 수업하는 분량이다. 게다가 입학전형과 관련된 일이 중학생의 미래를 좌우하는 일이기에 조금도 실수하지 않아야 한다는 부담이 크다. 입학담당관을 하면서도 기회가 된다면 수업하려 노력했다. 수업하러 인천대교를 넘어 출근할 때면 가슴이 뛴다. 내 업무는 이후의 문제다. 이리저리 뛰는 모습에 주변에서 동료와 학생들이 자주 하는 질문이 있다.

"선생님, 바쁘시죠?" 그럴 때면 거의 정해진 답변을 한다.

"아니요, 하나도 안 바빠요." 늘 그렇게 답변한다. 수업하던 교사가 입학담당관 업무를 맡은 첫해의 학생 선발 시기에는 "예, 정말 바빠서 죽을 시간도 없어요."라고 말하고도 싶었다. 그런데 난 지금까지도 바쁘다고 말하지 않는다. 내 사전에 '바쁘다'는 용어는 없다. 대학 시절부터 생각해 온 나의 언어 습관이다. 바쁘다는 것은 자기 합리화이기에 사용하지 않는다. 바쁘다는 것 뒤에 나오는 말은, 그래서 나는 지금 그것을 하지 못했다는 핑계가 이어진다. 자신이 해야 할 일을 하지 못하게 될 때, 가장 손쉽게 쓰는 표현이 바쁘다는 말이다. 자신이 해야 할 것을 하지 않은 것에 대한 정당화이기에 나는 바쁘다는 말을 사용하지 않는다. 대신에 일이 많다고 말할 때가 있다. 그래서 일의 우선순위를 가려 내가 할 수 있는 일부터 차근차근 진행해 가면 된다. 나는 앞으로도 바쁘지 않을 것이다.

교사에게 가장 중요한 일은 수업이고 학생과의 만남이다. 그래서 수업하러 출근하는 일은 설레고 즐거운 일이다. 매일 통행료로 1만 2천여 원을 내고 인천대교를 넘나들었지만, 초롱초롱 빛나는 눈으로 수업에 임하는 학생들이 있기에 기쁜 마음으로 달렸다. 수업 시간은 50분이지만, 그 수업을 위해 많은 생각을 한다. 출근하면서부터 교실 문을 열고 들어가기까지가 수업 준비다.

수업을 마치고 복도를 지나는데, 후배 교사가 말을 건넨다.

"형, 학생이 형 위선자냐고 물어요."

"그래서 뭐라 했는데."

"'내가 정구복 선생님을 10년간 지켜봤는데, 매일 한결같더라. 지금 네가 한번 본 모습으로 사람을 제대로 볼 수는 없지.' 그렇게 말했어요."

"아, 그래. 고마워."

돌아서서 생각해 본다. 내가 요즘 수업 시간에 너무 즐거운 모습을 보였나? 내가 위선자인가? 위선자로 보인다면, 최소한 나의 행동은 선하게 보였다는 것이다. 속이 검을지도 모르는 일이고, 믿기지 않는 모습을 보일지라도 나는 선하게 비춰졌다는 것이다. 본질은 알 수 없으나 현상은 착하게 보인다는 것이다. 그러면 됐다. 더 욕심을 낼 일도 아니고 선함을 증명할 일도 아니다. 나쁜 행동을 하는 교사로 보이지 않는다니 다행이다. 선을 위장한다는 것은 매우 나쁜 일임에는 틀림이 없다. 그러나 끊임없이 위선을 위해, 선을 행하고자 노력하는 모습

▲ 인천대교를 건너다

으로 봐준다면, 그것도 감사함으로 알고 살아간다. 진심은 다 통하니까.

4
일어나 빛을 발하라

7년간의 국제고 생활에서 가장 어려웠던 기억은 자율 동아리 A&S 일이다. A&S는 'arise and shine'을 표현한 것으로 '일어나 빛을 발하라'는 의미인 듯하다. 교회를 다니는 학생들이 중심이 되어 매주 목요일 18시에 모여 찬양과 예배를 드렸다. 학년당 25명 정도의 학생들이 모여 은혜로운 시간을 갖는다. 그동안 A&S를 지도했던 교사가 학교를 옮기면서 내가 바통을 이어받았다. 나의 절친이고 학생들 사이에서 목사님이라고도 불리던 국제협력부장이 학교를 떠나면서 일이 생겼다. 목요일이 되면 초코파이를 준비하고 설교를 준비하던 그가 다른 학교로 전근을 가게 되었다. 자연히 말씀을 전하는 설교자가 필요했다. 학교를 옮기며 고민했던 친구가, 자신의 후임으로 나를 지목한 것이다. 여러모로 그 자리가 나에겐 힘겹다. 거부하고 싶어도 상황이 녹록지 않았다. 다른 일은 다 해도 말씀 전하는 일만큼은 어렵다고 했다. 그래도 다른 사람이 없다며 나에게 무언의 압력을 계속 가해 왔다. 결국 난 A&S 지도 교사가 되어 말씀을 전하기로 했다. 그럴 만한 자격이 없기에 나서질 못했다. 부끄러울 뿐이었다.

친구가 국제고에서 마지막 말씀을 전하던 날, 내 이름을 거명하고 앞으로 나오라고 했다. 학생들도 앞에 나와 새로운 설교자를 위해 기도하자고 했다. 예상치 못한 일이었다. 쑥스러움을 표현할 수도 없는 거룩한 분위기였다. 나에게 돌아온 마이크에 간단하게 각오를 말했다. 무슨 말을 했는지 잘 기억나지 않는다. 학생들과 은혜로운 시간을 갖자고 말한 듯하다. 친구가 하는 모든 일이 형통하고 가정의 화목과 행복을 기원했다. 예배를 마치고 돌아서서, '준비된 자를 세우시는 것이 아니라 사람을 세우시는 하나님'을 생각했다.

그리고 한번 한번 예배를 드리며 주님께 한 걸음씩 나아갔다. 매주 예배를 드렸고 많은 기도를 했다. 예배와 기도 중에 가장 기억에 남는 일은 수능을 앞두고 고3을 위해 예배를 드릴

때 대표 기도했던 일이다. 그 기도문을 아래에 인용해 본다.

"내게 능력 주시는 자 안에서 모든 것을 할 수 있다고 가르쳐 주신 하나님! 우리 예배를 기쁘게 받아 주시는 하나님! 오늘도 여기 주님의 소중한 자녀들이 모였습니다. 인생의 중요한 고비를 넘어가고 있는 우리 학생들! 이 시간 찾아와 주셔서 만나 주시고 주님의 한량없는 은혜와 평강을 내려 주옵소서. 지금까지도 주님께서 지켜 주셨고 앞으로도 주님께서 함께해 주실 것임을 믿으면서도 쉽게 좌절하고 낙담할 때가 있었사오니, 연약한 저희를 긍휼히 여겨 주시고 일일이 간섭하시고 역

사하시어, 주님의 귀한 일꾼으로 삼아 주옵소서.

주님, 이 시간 고3 학생들을 위해 마음 모아 간절히 기도합니다. 인생의 중요한 시험을 앞두고 이들 앞에 있는 걱정과 염려, 불안한 마음을 모두 내려놓게 해주옵소서. 수능을 생각하며 불안해하기보다는 수능까지도 하나님께 맡기며 하나님께서 계획하신 장래의 길이 무엇인지 하나님께 기도하고 묵상하며 교통하는 시간을 갖게 하옵소서. 그동안 수험생들에게 주셨던 세상을 향한 도전을, 하나님의 사랑을 펼치는 새로운 도전으로 승화시켜 승리하게 하옵소서. 결과에 집착하는 닫힌 마음이 아니라, 그 결과를 통해 이루려는 하나님의 마음과 계획을 바라보는, 비전을 갖고 기쁨으로 달려가는 자들 되게 하옵소서. 주께서 저들의 어린 마음에 위로를 주시고, 남은 기간 건강하게 마무리 정리 잘하고, 시험장에서 그동안 준비한 것들이 주님의 은혜로 풍성하게 열매 맺게 하옵소서. 불안한 마음에 평안을 주시고, 주님께서 펼치실 미래를 기대하게 하옵소서. 강하고 담대하게 나가 승전가를 올리는 주님의 천군 천사 되게 하옵소서.

오늘 예배에 참석한 모든 주의 자녀에게 우리 주 예수 그리스도의 사랑과 역사하시는 은혜가 무궁토록 축원하오며, 고3

학생들에게 지혜와 명철을 주시며 시험장에서 평강과 축복을 내려 주실 우리 주 예수 그리스도 이름으로 기도드렸사옵나이다. 아멘."

A&S와 함께한 모든 일이 주님의 축복이었고 한없는 기쁨이었다. 동행한 제자들이 어디선가 빛을 발하고 협력하여 선을 이루리라 믿는다.

5
삼삼한 아이들

교육은 감동이라고 생각했다. 세상을 변하게 하는 것은 감동이며, 그 감동은 삶의 자세로부터 비롯된다. 살아가면서 무엇을 이루었는가보다는 삶을 대하는 자세가 중요하다고 믿었다. 살다 보면 마법처럼 찾아오는 순간이 있고, 예상치 못하게 다가오는 그 순간을 위해서 기본에 충실하려고 노력했다. 교직에 몸담았던 모든 시간이 소중했다. 화살처럼 날아간 시간 속에서 순간순간 마법 같은 일들이 일어났다.

가르치는 재미와 청출어람을 경험하고 싶어서 인천국제고를 지원했고 꿈같은 7년을 보냈다. 교사로서 일과 중 수업이 가장 좋았고 업무 중에서는 담임으로 학생을 만난 시간이 가장 행복했다. 교무부 3년과 입학홍보부 2년을 한 후에 3학년 담임을 할 수 있었다. 막상 11년 만에 담임을 맡게 되니 걱정이 앞섰다. 나이 많은 담임이라 학생들과 세대 차이를 느끼고 서로를 이해하지 못해 학생들이 담임을 밀어낼까 염려가 되었다. 그때 나는 담임의 기본을 생각했다. 아이들의 문제를 해결해 주지 못하더라도 진심으로 학생의 미래를 고민하고 가장 많은 시간을 학생 옆에 있기로 마음먹었다.

3학년 3반이기에 삼삼한 반이라고 명명했다. 삼삼하다는 단어처럼 3반 교실에서 만난 모든 아이가 매력적이고 마음에 끌렸다. 숲이 빽빽하게 우거져 있다는 의미로 삼삼했고 지금도 그 시절의 추억이 눈에 삼삼하게 어리고 마음에 남아 있다.

첫 번째 만남에서 "아프지 말고 행복하자."라고 했다. 바람 불고 눈보라 쳐도 우리의 길을 가자고 했다. '무엇 때문에'가 아니라 '무엇임에도 불구하고'를 외치며, 핑계를 만드는 자가 아니라 환경을 이기는 우리들이 되자고 했다. 마음이 급하면 일을 그르치기 쉬우니, 천천히 그렇지만 꾸준히 자신의 페이스대로 전진하자고 했다.

고3이라는 인생의 여울목에서 만나 성년으로 내딛는 첫걸음까지 동행하려 했다. 폭이 좁고 물살이 빠른 곳에서 만나 서로를 의지하며 험난한 길을 헤쳐나왔다. 내가 다가가는 만큼 아이들은 더 많은 것을 내게 선사했다. 해야 할 일이 많고 힘든 수험생들이 시간과 마음을 내서 컵과 카네이션을 제작하여 선물해 주었고 마음 담은 편지를 주고받았다. 모든 학생이 각자의 길을 찾아 웃을 수 있기를 바랐다. 졸업하고 뜻을 이루지 못해 재수하는 아이들의 학원을 찾아가서 더 간절하게 합격을 기원했다. 다행히도 3반 26명 전원이 대학생이 되는 것까지 지켜봤다. 경인교대 2명, 경찰대 1명, 고려대 3명, 공군사관학교 1명, 서강대 1명, 서울교대 1명, 서울대 4명, 성균관대 1명, 숙명여대 1명, 인하대 2명, 한양대 2명, 해외대 1명으로 학급 전원이 진학에 성공했다. 대학이 끝도 아니고 얼마든지 다른 길로 접어들 것임을 알면서도, 성공적으로 진로를 개척한 아이들이 자랑스럽다. 대학교가 목표가 아님을 알면서도 우리 반 모든 구성원이 자랑스러워서 처음으로 삼삼한 아이들을 여기에 자랑했다.

느닷없는 자랑질에 마음이 불편했다면 너그럽게 양해해 주시기를 바란다. 죽을 때 안 하던 행동을 하는 것처럼 교직을 떠나려니 하나 더 늘어놓는다. 그때 그 시절 교원능력개발평가가 있을 때, 우린 반 학생이 평가해 준 평점과 학부모가 평가한 점수는 모두 5점 만점에 5점이었다. 한 명은 다른 점수를 줄 수도 있었을 텐데, 모두가 참여했고 모두가 그렇게 평가해 준 것이 나를 더 낮아지게 했고 교사로서 기본에 충실해야 함을 일깨워 주었다. 삼삼한 아이들이 삼삼하다.

동행 ▶

6
수학여행과 야구장

교직 33년 동안 가장 많이 한 일은 담임 업무였다. 많은 기간을 부장 교사로 근무했지만, 부장님이라는 호칭보다는 선생님이라 불리는 것이 좋았다. 담임으로 교실에서 학생들과 마음을 나누며 부대낀 시간은 행복이었다. 담임은 한 반의 학생들을 맡는 일이고, 학년 부장은 대상 학년의 업무를 총괄한다는 면에서 책임이 더하다. 학년말이 되면 다음 해의 업무를 희망하고 인사위원회를 거쳐 학교장이 보직을 명한다. 그 과정에서 관리자와 면담하거나 교과 협의 등을 통해 개인의 인사 희망을 밝히기도 한다. 요즘은 부장 교사를 안 하려는 분위기가 있지만, 예전에는 승진을 위해 부장을 하려고 관리자에게 잘 보이려는 교사가 많았다. 나는 거의 의사 표현 없이 학교의 상황과 임명을 따르거나, 학교의 사정이 그렇다면 어쩔 수 없는 일이라며 직분에 수긍했다. 그래서 내가 원하는 자리에서 일을 한 기억이 많지 않다. 순리에 따르려 했고, 원하는 일보다는 맡겨진 일에 최선을 다하려는 자세로 근무했다.

경력이 쌓여 교감 승진 대상자가 되기 위해서는 학교에서 중추적인 일을 하고 근평을 잘 받아야 했다. 그러나 학교를 옮기는 해에 욕심을 내세울 수 없어서, 지금 학교의 첫해에는 3학년 담임을 했다. 전임 학교에서 근평 1등을 두 번 받았기에 3년 이내에 1등을 한 번 받으면 좋겠다고 생각했다. 내가 잘할 수 있는 일은 3학년 부장이나 교무부장 정도였으나, 두 자리 모두 전임자가 있었기에 내게 주어질 마땅한 자리가 없었다. 담임을 한 이후에 관리자에게 의사 표현을 할 기회는 없었다. 그런데 2월 말경 교내 인사 발표에서 내가 2학년 부장 교사로 발표가 된 것이다. 놀랐다. 담임을 하고 평교사로 교직을 정리하려다가 다시 관리자가 되는 길을 생각했다. 전체 직원회의에서 2학년 부장으로 발표가 나자마자 몇 명의 교사로부터 연락이 왔다. 같은 학년을 하고 싶으니, 담임으로 데려가 달라는 것이었다. 나에게 어떤 권한도 없었지만 그렇게 말을 해준 선생님이 고마웠다. 나는 지금도 그 선생님을 동료로 존중하고 좋아한다.

얼결에 2학년 부장이 되어 제일 먼저 한 일은 수학여행 답사였다. 급조된 2명의 남교사와 2명의 여교사가 강원도 일대로 답사를 떠났다. 1박 2일의 일정으로 숙소와 식당, 유적지를 돌아보는 것은 물리적으로 시간이 부족했다. 목표지를 방문하고 바로 돌아서서 카레이서 수준으로 달려 숙박 장소인 정선에는 늦은 시간에 도착했다. 짐을 풀고 연탄불로 구운 삼겹살을 먹다가, 한 선생님이 가스를 마셨는지 쓰러졌다. 기분 좋은 소수의 회식 분위기를 즐기지 못하고 건강을 걱정해야 하는 상황이 되고 말았다. 다행히 다음날 예정대로 답사를 마치고, 며칠간에 걸쳐 수학여행 테마 학습 일정을 완성할 수 있었다.

나는 교외 체험학습을 하면 이상한 기운이 생기고 즐거워진다. 시험공부로 밤샘하지 못해도 학생들을 지키기 위해서는 며칠을 견딜 수 있다. 때로는 초인 같은 힘이 생긴다. 행정업무를 맡는 것보다는 선생님들과 함께 일을 하는 것을 좋아한다. 수학여행 답사를 함께해 준 4명의 교사가 굳건히 내 옆에 있었고, 다른 선생님들이 좋아서 학년 사무실에 출근하는 발걸음이 가벼웠다.

두 번째 수학여행 답사는 아내와 같이했다. 4월이었지만 갑자기 내린 폭설로 밤이 될수록 고속도로는 주차장 수준이었다. 눈앞에서 미끄러지는 차량과 접촉 사고를 지나치면서 조금씩 전진했다. 한 치 앞을 내다볼 수 없는 도로에서 돌아오고 싶었지만 차를 돌리기 어려웠다. 특유의 무식함으로 자정이 되어갈 무렵에야 강릉의 목적지에 도착했다.

그렇게 많은 눈을 생전 보지 못했다. 나는 그 순간을 아내와 함께했다는 것이 좋았지만, 그것은 100퍼센트 내 생각일 뿐이었다. 퇴근 직후 출발하여 저녁도 먹지 못한 채로 차에서 사고의 공포 속에 오래 갇혀 있던 아내는 녹초가 되었다. 아내는 차에서 뛰어내리고 싶은 심정이었을 것이다. 허기로 지치고 생의 위협을 느낄 만큼의 공포심 속에서도 아내는 내 곁에 있어서 나는 고마웠다.

아내와 나는 거의 모든 면에서 생각과 성향이 다르다. 그런 아내를 나는 사랑한다. 아내의 불평도 화장실에 떨어진 머리카락 같다. 말없이 정리할 때 행복하다. 한용운 님의 〈복종〉이라는 시처럼, 나는 아내와 관련한 일에서는 자유보다는 복종을 선택한다. 남들은 자유를 좋다고 할지 모르지만, 나는 복종을 사랑한다. '당신 생각이 내 생각'이라는 것이 나의 뚜렷한 주관이다. 이야기가 이상하게 흐른다. 여기서 일단락하고.

우여곡절 끝에 수학여행 준비는 끝났다. 그런데 불과 일주일을 남기고 강원도 일대에서 대형 산불이 일어났다. 숙소 주변에 불이 번지는 것을 뉴스에서 확인할 수 있었다. 당장 수학여행을 강행할 것인지 취소할 것인지 기획 회의에서 갑론을박이 있었다. 결론은 수학여행 불가로 판정이 났다. 그때 나는 돈키호테가 되었다.

"그렇다면 수학여행을 제주도로 가고 싶습니다." 주변이 찬물을 끼얹은 듯 설렁해졌다. 여러 부장의 의견을 들었고 교장이 결정하면 끝인데, 분위기를 파악하지 못한 신임 부장이 반기를 든 셈이다. 회의가 끝나고 몇 년간 부장을 한 교사가 나를 불렀다. 그런 자리에서 그렇게 말하는 것이 아니라고 했다. 나는 그 말이 더 이해가 가지 않았다. 교장선생님이 다른 교사들로부터 존경을 받고 부장 교사들이 잘 따르지만, 교장의 결정이 법이라는 분위기는 개선이 필요하다고 생각했다. 그날 퇴근 무렵에 교장이 술을 먹자고 했다. 교장이 술을 잘 마시는 것은 이미 정평이 나 있었지만, 술을 마시면서 마음속에 이야기를 털어놓을 수 있을 것 같아서 기꺼이 일대일 술자리에 응했다. 술이 들어갈수록 서로의 본심이 드러났다. 교장의 뜻을 따르라는 압박과 제주도로 수학여행을 가게 해달라는 나의 주장이 부딪치면서 양꼬치와 술잔이 쌓여갔다. 결국 승부는 나지 않았다. 오기로 술잔을 받아먹은 탓에 나는 정신이 없었다. 술자리를 옮기면서 차를 어디에 세웠는지 분간하지 못할 만큼 취했다. 아들에게 전화해서 운전대를 맡겼다. 아들이 자동차 면허를 따고 한 번도 운전하지 않은 상태였다. 멋도 모르고 불려 나온 아들이 가족의 안전을 책임지고 집에까지 운전을 해 줬다. 위기의 순간에 내 곁에는 아내와 아들이 있었다.

그날 이후 교장과 나의 의견은 평행선을 달렸다. 중간에서 교감이 곤란해졌고 학년 선생님들이 이제는 그만하자고 했다. 그러나 나는 학생과 학년 선생님들이 제주도로 여행을 원하는데 물러설 이유가 없었다. 많은 일이 있었다. 결국에 교장은 우리의 뜻을 따라 줬다. 나는 한 달 만에 제주도 왕복 항공권과 숙박을 잡았고, 인문·역사·자연 과정으로 테마형 여행코스를 설계했다. 그리고 다시 교장과 제주도 답사를 가서 말고기를 먹었고 끝까지 교장에게 엉기는 습관이 생겼다. 나의 치기를 교장은 다 받아 주었다. 나는 지금도 그 교장을 좋아하고 존경한다.

개교 이래 10년 만에 제주도 여행길이 열린 것이라 학생들은 학년 선생님들을 신뢰했다. 여행사 대표가 많은 도움을 줘

▲ 수학여행

서 여행 경비도 경제적이었다. 관행을 따르지 않았고 남들이 가지 않은 길을 개척했다. 여행 마지막 날 밤 장기 자랑에서 아이들은 마음껏 끼를 발산했고 교사들도 공연장에서 방방 떴다. 교사와 학생 모두가 하나로 어우러지는 제주에서의 추억을 만들었다.

2학년 부장을 하면서 대입을 생각했고 다양한 프로그램을 운영했다. 2학년 선생님들이 주축이 되어 3학년을 구성했고 같은 마음으로 학생들과 열심히 달렸다. 217명의 학생 중 54

명이 인천대와 인하대를 합격했고, 연세대 5명을 비롯하여 서울대와 의대 합격자 등 전례 없는 진학 성과를 거뒀다. 아쉬움으로 남은 건 코로나로 인해 연말에 계획했던 제주도 졸업여행을 추진할 수 없었다는 점이다. 조용한 졸업식을 했으며 각자의 자리로 돌아갔다. 열심히 했으나 주목받지 못했다. 보이기 위한 것이 아니라고 해도 우리의 노력과 열정이 조명되지 않는 것에 대한 아쉬움은 있었다. 나 또한 부장의 자리에서 다시 3학년 담임으로 돌아갔다. 더 열심히 하고 싶었고 더 잘해낼 수 있다는 자만심도 비빌 언덕이 없었다.

2년간 함께했던 학생들이 졸업하고 학년 선생님들이 떠날 때 외로움이 컸다. 그럴 때면 생각나는 장면이 있다. 학년 선생님과 학생들이 모두 단체로 야구장 응원을 간 날이 생각난다. 준비한 간식을 먹고 즐겁게 응원할 때 야구장 대형 자막에 내 이름이 흐르고 있었고 많은 박수와 환호가 있었다.

"구복샘! 선생님 덕분에 지금까지 행복한 2학년 보냈어요. 항상 사랑합니다.♡"

지금 이 아이들이 어디에서 무엇을 할지 궁금하다. 어떻게 살아가고 있는지는 몰라도, 우리가 함께한 날들을 우리 모두 기억해 줄 것이라고 믿기에 지금 나는 웃으며 걸을 수 있다.

7

오늘도 왜, 거기에 차를 대라고 하십니까

3학년 부장을 할 때의 일이다. 교직에 들어선 지 30년이 넘었어도, 여전히 학교라는 공간에서의 생활이 행복하다. 가르치고 배우면서 성장한다는 '교학상장(教學相長)'이라는 말이 마음에 든다. 지금은 교실에서 가르치는 학생보다 사회에 진출한 제자들이 더 많고, 교과서로 가르치는 내용보다 세상에서 배울 것들이 많아졌다. 그런데 요즘 배움에 게으름을 피우고 해왔던 버릇처럼 자꾸 누군가를 가르치려 한다. 꼰대처럼 살아간다고 느끼면 스스로 교직에서 물러날 것이라고 떠벌렸다. 급변하는 세상에서 배우지 않고 알던 그대로 가르치려 하면 박제(剝製)된 교사가 되는 것이라고 말했다. 생명력 없는 선생이 교단에 머무르는 것은 학생에게 독이 되고 교육을 죽이는 일이라고 생각했다.

3학년 담당이라는 이름으로 누구보다 일찍 출근하고 늦은 시간까지 학교에서 살다시피 한다. 수업 시간에 열의를 다하고 학생 한 명 한 명을 소중하게 대하려 노력한다. 그렇지만 다람쥐 쳇바퀴 도는 반복적인 일상에 상투적으로 변해가는 내가 싫어진다. 하루가 다르게 변하는 미래의 주역들을 어제의 내가 해왔던 방식 그대로 지도하려 한다. 그럴 때면 뒤틀리는 나를 다시 바로 잡기 위해 의식적으로 즐겨 찾는 공간이 있다. 그곳은 내가 근무하는 학교 근처에 있는 소래포구 어시장이다. 협궤열차가 다니고 고깃배가 드나들던 포구의 낭만은 사라졌지만, 여전히 도시 어민의 생계 터전이고 시민들이 회를 맛보기 위해 즐겨 찾는 시장이다. 꽃게와 전어, 젓갈과 대하 등 철마다 즐길 거리가 있어서 관광객이 제법 드나드는 명소(名所) 중의 하나다.

옹기종기 모여 앉은 아이들처럼 좌판을 벌이고 장사를 하던 상점들이 화재로 큰 손실을 보기도 했지만, 지금은 새롭게 개장한 건물에서 손님을 끌기 위해 경쟁하며 살아간다. 다 똑같은 업종이 붙어 있으니 과열 경쟁은 일상이다. 잘 아는 이웃으로 형·아우 하다가도, 손님을 앞에 두면 큰소리가 나기도 하고 화가 치밀 때는 흥정하던 고기를 수족관에 집어 던지는 모습도 볼 수 있다. 경쟁으로만 말하면 교실에 모여 앉은 아이들 같다. 삶은 그렇게 치열하고 무언가를 이루려면 그만한 노력과 희생이 따르는 것 같다.

학교에서 보낸 하루가 마음에 들지 않은 날들이 반복될 때면 소래포구 어시장으로 운전대를 돌린다. 평소에 다니는 길보다 시간이 더 걸려도 그 길로 들어선다. 야간 자습지도 후의 퇴근길이 좁은 도로와 인파로 막히더라도 어시장 앞길을 지나가면서 삶의 활력을 되찾기 위한 선택이다. 팔짱을 낀 연인, 어깨동무한 중년, 짐을 든 행인 들이 저마다의 사연으로 활보한다. 물건을 파는 상인보다 외지인이 넘쳐날 때 시장은 살아 있는 생물처럼 펄떡인다.

표정을 읽을 수 없는 사람들 사이로 오늘도 내 차 앞으로 다가오는 익숙한 손짓을 만난다. 도로와 접한 횟집 앞에서 주차를 안내하는 아주머니의 시선을 마주한다. 그분은 차량 진행 방향과 반대로 나를 향해 다가온다. 늘 같은 자리에서 지나가는 차를 가게 앞으로 인도하는 몸동작을 한다. 조금은 과한 동작이나 어제도 오늘도 한결같은 몸짓이다. 그분의 안내에 따라 가게 앞에 주차하는 손님을 보지는 못했다. 물론 나도 그 가게 앞에 주차해 본 적이 없다. 퇴근하며 회를 먹을 일이 없었고 바삐 귀가하는 길이기에 망설임 없이 지나친다. 그런데 그분은 늘 그 자리에서 한결같은 동작을 하고 있다. 그래도 그분은 누군가 자신의 노력으로 가게 앞에 주차하는 손님이 있을 것이라고 기대하고 있을 것이다. 그것이 결과를 떠나 그분이 살아가는 모습이고 삶을 대하는 자세라고 생각한다. "무엇을 이루었는가보다 삶을 대하는 자세가 더 중요하다." 그렇게 학생들에게 강조했던 나 자신을 반추(反芻)한다.

주차 안내 아주머니의 모습을 볼 때면 '담설전정(擔雪塡井)'이라는 사자성어가 떠오른다. 지게로 눈을 옮겨 우물을 메운다는 뜻으로, 이루지 못할 헛된 생각을 비유하여 이르는 말이다. 담설전정의 우화는 대충 아래와 같다.

많은 눈이 내린 다음날 아버지가 아들을 데리고 우물가로 간다. 아버지는 아들에게 "지게에 눈을 지고 와서 우물을 메워라."라고 말한다. 아들은 아버지의 말대로 지게에 눈을 지고 우물에 눈을 계속 붓지만 허사다. 아무리 눈을 부어도 우물에 들어간 눈은 녹아 버리기에 우물을 메울 수가 없다.

"아버지, 우물을 메우려면 흙을 부어야 합니다." 아들의 말에 아버지는 계속 눈을 져다 부으라고 말한다. 아들은 계속 눈을 쏟아붓는 행동으로 너무 힘이 들어 아버지께 눈으로 우물을 메울 수 없다고 말한다. 그때 아버지는 "아무리 힘들어도 노력에는 끝이 없다. 눈을 짊어지고 우물을 메우는 것처럼 공부해야 한다."라고 말한다.

'담설전정'의 우화를 통해 배움과 인생을 들여다본다. 눈으로 우물을 메울 수는 없을 텐데, 그런 행동을 반복하는 게 무슨 의미일까? 흙이나 시멘트 등 다른 물질로 우물을 메울 수는 있을 것이다. 그렇게 되면 우물은 더 이상 우물의 기능을 하지 못하고 본래의 모습을 잃게 될 것이다. 눈으로 우물을 메울 수 없듯 배움은 끝이 없기에, 평생 배우려는 자세가 삶의 모습이고 인생의 존재 방식이어야 한다고 스스로 반성(反省)한다.

힘들고 지칠 때면 나는 습관적으로 또 소래포구 어시장 앞으로 퇴근할 것이다. 다른 길보다는 그 길이 좋다. 거기에서 또 차를 대라고 하는 주차 안내 아주머니와 나 자신을 돌아볼 수 있기 때문이다. 미안하게도 나는 그곳에 차를 대지는 않겠지만, 그분은 오히려 내 마음 안에 늘 넉넉하게 주차하고 계시다. 언젠가는 차를 세워두고 푸짐하게 한상 먹을 것임을 내가 미래의 나에게 약속한다. 소래포구 어시장 주차 아주머님 덕

▲ 드루와

분에, 나는 다시 삶의 의미를 생각하고 본연(本然)의 모습으로 돌아가려 노력한다.

8

시트콤 같은 세상에 다큐처럼 살려니

"지금 어디를 보고 있는 거야?"

가족과 스페인 여행을 다녀온 적이 있다. 가족이라는 이름으로 웃음과 상처를 준 옛일을 나누며 앞으로의 행복을 기원하는 여행이었다. 낯선 땅에서 온전히 가족과 함께 지낸 시간이었지만, '가족 안에 그리고 내 삶 속에 나는 얼마나 있을까?' 질문을 던지며 언젠가는 '산티아고 순례길'을 혼자 걷고 싶다고 아내에게 말했다. 여전히 산티아고를 가지 못했고 오늘도 홀로 내 안의 순례길 위에 서 있다.

어느새 지천명(知天命)을 넘어 이순(耳順)에 가까운 나이가 되었다. 반평생 이상을 살았어도 '하늘의 뜻'을 알지 못하고 귀도 순해지질 않는다. 시공간에 존재하는 인간이기에 세상과 맞닿는 면이 넓어지고 세파에 시달린다. 노모를 부양하는 문제, 아내와의 갈등, 자식의 사고, 불면과 불안 증세, 암 투병, 금전 문제 등 주변에서 마음을 흔드는 일이 많았다. 사람을 남기는 인생을 살고 싶다는 욕망 때문인지 지인들의 소식에 마음이 편치 않다. '뭔 사연이 그리 많고 왜 그리 어려움은 나에게 무심하게 흐르질 않는지….' 달려가 어깨를 내주고 어려움을 나누고 싶지만 마음뿐이다. 도움 줄 여력과 형편도 안 되니 마음이 아려온다. 잔잔한 호수에 파장을 만드는 돌멩이처럼, 살얼음을 깨는 묵직한 쇠망치처럼 마음의 평안을 깨는 일상들! 남들은 대수롭지 않게 넘어가는데 나는 그냥 지나치질 못한다. 청명한 하늘 아래 선선한 바람도 내게는 매서운 한파 속 칼바람처럼 느껴지는 일이 많다.

"나는 어떻게 살아왔나?"

내가 하고 싶은 것보다 해야 할 일에 충실한 인생을 살고자 했다. 내가 좋아하는 일보다 좋아하는 사람이 기뻐하는 일을 선택하려 했다. 그렇게 인간관계에 매인 삶이 쌓여갈 때 내

90

삶 속에서 나의 빈곤은 커졌다. 욕구 없는 의무감의 연속은 모래 위에 탑을 올리는 일 같다. 돌아보니 정작 나 자신에게 해준 것이 없고 타인에게서 들려오는 그럴듯한 평판은 오히려 나를 더 초라하게 만든다. 인생 여정 속에 내 길은 가려졌으며 뒤늦게 나는 길 아닌 길 위에서 길을 헤매고 있다. 문득문득 나 자신에게 미안해진다. 지인의 삶에 남긴 나에 대한 기억의 파편도 내가 아니다. 그 조각들조차 내가 아닌 기억하는 자들의 것이며 결국 사라질 허상이다.

"나는 왜 이렇게 살지?"

내 정신과 육체는 불구가 되어가는 느낌이다. 지금 내 앞에 펼쳐진 인생의 무대는 '오징어 게임판'이 아니라 '인간을 오징어로 만드는 실전 투전판' 같다. 게임이나 드라마와 같은 재미와 낭만을 허락하지 않는다. 세상은 상식으로 이해되질 않는 일이 넘쳐나고 시트콤 같은 장면이 연출된다.

그런데 나는 오늘도 다큐멘터리처럼 살아가려 한다. 주인공이 카메라에 집중되고 억지로라도 감동을 만들어 내야 하는 인생 다큐 속에 등장하려 한다.

◀ 퇴근길

"나를 비추는 앵글을 틀자." 나는 다큐 주인공도 아니고 그 누구도 나를 캐스팅 하지 않았다. "그냥 지나가라." 지나치다가 마음이 움직이면 눈길 한번 주면 되는 일이다. "네 삶의 주인일 수는 있지만, 너는 세상을 어떻게 할 수 있는 그 어떤 존재가 아니다." 세상을 향한 과한 욕구는 자신에 대한 허기로 이어질 뿐이다. "뭔가 할 수 있다는 착각에서 벗어나 먼지처럼 바람에 날려 정처 없이 노닐어라." 그래도 세상은 돌아가고 만물의 이치는 변하지 않는다.

"이제는 너에게로 시선을 돌려…."

9

검은 점으로 스러지기는 싫어

"왜요?"

"검은 한 점으로 스러지기는 싫어서요."

나의 명예퇴직에 의아한 사람들의 질문에 속으로 하는 답이다. 교사의 길을 좋아서 선택했고 지금도 아이들을 사랑한다. 교단을 떠나는 나를 이해하지 못하고 걱정해 주는 분들이 많았다. 지금 이 순간에도 안타까움을 갖는 지인이 있다.

"그냥이요." 할 말이 많을 때, 할 수 없는 말들로 그냥이라고 한다. 괜히 그러는 것이 아니고 표현할 수 없는 만감을 그냥이라고 한다. 그래도 그냥이라고만 답할 수 없는 마음에 몇 자 적어본다. 누군가를 그리워하고 기대는 마음의 끝에 자기기만을 발견한다. 삶은 나의 결단과 도전 속에 만들어 가는 것이다. 스스로 자기 변혁을 추구하는 주체적인 인간으로 살고자 했다. 자유로운 운명의 인간으로서 스스로 내 삶을 만들어 가야만 한다.

여름방학 시작 시점에 서이초 교사의 선택이 교육의 사형선고처럼 들렸다. 몸은 움직이나 마음은 더 딱딱하게 굳어가고 입을 열 수 없는 참절비절의 심정이었다. 아내와 계획된 지리산 천왕봉을 오르면서도 내내 내 머리와 가슴을 누르고 발걸음을 무겁게 한 것은 서이초 교사의 죽음이었다. 애도해도 애도함이 해소될 수 없는 시점에 엄한 소리를 지껄이는 사람들 때문에 속은 더 뒤집혔다. 학생 인권 강화가 원인이라는 말에 어이 상실을 넘어 분노가 일었다. 그것도 관련 부서 대표와 책임져야 할 자리에 있는 공인의 입에서 나오는 말이라 더 기가 막혔다. 그 천박함이 오늘을 만든 원인 중 하나일 것이라고 치부했다. 학생 인권은 지금도 신장되어야 한다. 인권은 인간이면 누구나 누려야만 하는 보편적 권리니까. 교권이 무너진 일에 대처하는 진단과 처방이 다를 수 있다. 교육을 강아지 노리개 정도로 생각하고 제 마음대로 떠벌이며 지식인 행세하는 사기꾼, 정치꾼과 개념 상실 언론인이 미웠다. 내 자식만이 귀하고 성자인 양 들이대는 안하무인 학부모와 다를 바가 없었다. 학교에서 문제가 발생하면 왜 여기까지 오게 만들었느냐고 불편한 심기를 드러내는 학교 관리자도 내 안의 독초 같았다.

무너진 교권은 이미 교사의 노력을 넘어선 사회 문제이고 정책적 과제이다. 교권 운운하며 정치 놀음하는 양아치를 경멸하는 정도가 내가 할 수 있는 일인가 생각했다. 교육이 교육의 논리로 움직이고 학생과 교사 모두가 존중받는 사회를 소망했다. 교육권 보장과 교육법 개정을 외치는 원로교사로, 후배에게 작은 힘이라도 되기를 바라는 마음으로 여름 내내 작렬하는 태양과 쏟아지는 빗속에서도 흔들림 없이 꿋꿋하게 바로 서서 교사 집회를 사수하고 싶었다. 소리 없이 혼자 집회에 참석했다. 젊은 여성 초등 교사가 많다는 생각에 늙은 남자 고등학교 교사로 자리를 지켜내고 싶었다. 아스팔트가 뜨겁고 동료가 많아지면서 열기는 더해갔다.

나는 아직 고등학교 교사다. 올해는 교문 앞에서 등교지도를 자주 했다. 인근에 있는 초등학교와 중학교 아이들이 우리 학교 정문 앞으로 많이 지나간다. 가끔 돌발행동을 하는 초등

학생을 잘 살핀다. 차가 교문 앞 인도를 거쳐 교문을 통과할 때 잠시 행인을 멈추게 한다. 안전한 학교를 위해 잠시 멈춤은 좋은 일이다. 그런데 "당신 학교 차량 통과를 위해 왜 내 아이 보행을 멈추게 하느냐?"는 초등학교 학부모의 민원을 받았다. 너희 학교 교사 차량 통과를 위해 왜 내 아이를 멈추게 하느냐는 항의였다. 아무리 길어도 몇 초 멈춤을 넘지 않는데, 교육청으로 민원을 넣어서 관련 내용을 보고해야 했다. 사실 우리 학교의 등교 안전 지도지만 당신 자녀와 같은 초등생의 안전을 더 많이 신경 쓰는데 말이다.

우리는 이렇게 일상적으로 소리 내지 않고 당하며 평범하게 살아가고 있다. 이제는 안 되겠다, 더는 안 되겠다는 생각이 들었다. 고3 담임일 때의 학생 3명이 교대 졸업 후 교사를 하고 있다. 지금 많이 힘들다고 했다. 미안했다. 담임으로 선배 교사로 부끄럽지 않고 싶어서 집회에 나가는 일이 지금 내가 할 수 있는 작은 일이라고 생각했다. 내 일이 내일이 되면 안 된다고 생각했다.

집회가 거듭되면서 참가 인원은 많아지고 외침은 강해졌다. 집회 장소가 여의도로 바뀌고 우리가 도로에서 언제까지 외쳐야 할지 기약이 없었다. 교사 집회처럼 철두철미하게 준비하고 안전하게 치러지는 집단의 외침은 없었다. 해본 적 없는 일, 가본 적 없는 길에서 대규모 집회를 기획하고 노래를 만들고 연습까지 미리 부탁하며 집회 자리에 종이조각 하나 남기지 않는 아마추어 집회자들이 진짜 프로 교사 같았다. 끓어오르는 한여름 2시에 모임을 잡는 사람들, 비가 오고 머리가 끓어도 끝내 아스팔트 위를 지켜내는 사람들, 어린 자녀와 모임에 참석하는 선생님들, 집회 장소와 떨어진 지점부터 안내하는 안전요원 선생님들, 지방에서 주말 반납하고 의기투합하고 달려온 선생님 등….

교실에서 교재를 잡아야 할 손이 거리에서 피켓을 들고 피를 토하는 심정으로 연단에 오르는 사람들의 절규가 마음에 박혔다. 나만을 위해서가 아니라 우리를 생각하고 교단을 세우려고 허리를 똑바로 펴는 사람들이다. 진상규명과 법 개정을 위해 교사가 무엇을 하지 않았나요, 무엇을 더해야 합니까, 교육 당국 당신들은 무엇을 했나요, 무엇을 더 얹고 덮으려 하나요, 이제는 응답하라고 외치지만 기대를 할 수 없었다. 그래서 교사 집회의 외침은 끝이 없고 더 강해졌다. 그렇게 7차 집회를 마치고 눈물 품은 흑점에서 어둠을 밝히는 촛불로 공상가의 가슴을 향하는 산탄으로, 아픔을 보듬는 국화로 피어나

리라 마음에 새겼다.

그동안 나는 내가 하는 일에 충(忠) 했는가 생각한다. 공자의 사상 중에 '충(忠)'이 있다. 충을 글자 그대로 해자하면 중(中)자와 심(心)자로 이루어졌다. 즉 충은 마음의 중심을 잡는 일이다. 《논어》에 따르면 충은 '허위와 가식이 없는 인간 본연의 마음'을 가리키는 말이다. 주자는 충을 '진기지위충(盡己之謂忠)'이라고 했고, 《대학》에 나오는 '무자기(毋自欺)'라는 말과도 통한다. 무자기란 글자 그대로 '자신을 스스로 속이지 않는다.'는 의미다. 나는 나 자신에게 '충'하고 있는지 물어본다. 충은 자기의 마음과 힘을 다하는 것, 즉 자기 성찰을 뜻한다.

충은 마음속 깊이 간직한 자신의 최고로 보배롭고 귀중한 마음이다. 물리적 중심은 집단 사회 속에서의 중심점으로서 '나는 현상 세계의 중심 위치에 자리 잡은 중심인물이다.'라는 지각이다. 중심점의 역학 작용과 구심 작용이 있는 것처럼 인간 또한 일정 공간에서 중심점에 있다면, 원심력과 구심력이 작용할 때 실전적인 충이 되는 것이다. 원심 작용으로서의 충은 중심적 존재로서의 자아가 사회, 국가 세계로 자기 확대, 즉 자기 발전하려는 작용이다. 외향적으로 자아가 확대되는 것은 원심 작용하는 추의 강도에 비례하게 된다. 또한 구심 작용으로서의 충은 회전축에 집중되는 회전력 전체가 중심점에 집결되는 압력이다. 그것이 역학적으로 구심력인 것처럼 인간도 사회생활을 하려면 맡은 자기 직분에 최선을 다하지 않으면 안 되고 그에 상응하는 책임 의식이라는 정신력, 그것은 자기 직분에서 이탈하지 말아야 하겠다는 강한 의지다.

충은 마음 깊은 곳으로부터 우러나오는 진실한 마음이고, 최선을 다하려는 자기 발전의 정신이다. 최선을 다하는 것이 무엇인가? 나에게 최선이란 '내가 하는 일이 나 자신에게 스스

▼ 교사

로 감동으로 밀려올 때 느끼는 감정이다.'라고 정의한다. 지금 나는 또 내게 묻는다. 나는 오늘 최선을 다하고 있는가? 자신을 속이지 않고 죽을 만큼 자기 발전을 위해 노력하고 있는가? 그리고 이제는 "옳은 선택인가에 대한 고민보다 좋은 선택으로 만드는 실천이 중요하다."라고 나에게 말한다.

10

후배 교사와 함께

키가 크고 눈이 깊은 멋진 선생님을 만났다. 대학교 후배이자 지향점이 같은 교육 동료다. 직접 묻지 않아도 마음을 헤아릴 수 있는 속 깊은 윤리 교사다. 재주가 많은데 드러내지 않고 주변을 빛나게 하는 조력자로 생활하는 강호의 고수다. 이번 책의 출간은 고병관 선생님과 함께라서 가능했다.

교감으로 부임한 형제 같은 친구를 만나러 가면서 이 책을 구상했다. 고병관 선생은 공교롭게 같은 교무실에서 근무하고 있었다. 퇴근 후 식사하며 이야기를 나누다가, 친구가 먼저 자리를 뜨고 후배와 단둘이 남았다. 자연스럽게 그간의 일을 이야기하다가 마음과 마음이 통했다. 심심상인(心心相印)!

서로의 마음에 도장이 찍히고 증명할 길 없는 마음의 계약을 했다.

후배를 만나고 집으로 돌아오는 길이 퇴임의 변을 다하고 교문을 나서는 기분이었다. 다하지 못한 이야기를 남기는 책을 구상했다. 나를 잘 알고 있고 함께 일을 한다면 행복할 것이라는 생각이 깊어졌다. 사랑했던 교단을 떠나는 나의 마음을 후배가 사진으로 형상화한다면 그럴싸한 그림이 나올 것 같았다. 아니 멋진 결과보다는 함께한다는 생각이 행복으로 다가왔다.

하루 생각을 묵히고 이른 새벽에 일어나 후배가 건네준 《67세 고등학생 승자 언니》라는 책을 읽었다. 고3 부장을 할 때 67세 학생을 만난 사연을 남긴 책이다. 아름다운 학생을 기억하고 기록으로 남기고 싶은 마음이 글과 사진에 고스란히 묻어났다. 책을 통해 승자 언니를 몇 시간 만에 알아 버렸다. 천천히 읽으려 노력했으나 글이 많지 않고 사진에 빠져들어 그리 시간이 필요하지 않았다. 그간의 긴 사연과 속 깊은 마음을 읽어내려면 음미할 것이 많은데, 빨리 읽어 버린 것이 미안했다. 승자 언니와 학생을 기록으로 남기는 선생님은 아름다웠다.

뒤늦게 전북대로 진학하여 배움을 이어가는 승자 언니는 참 고왔고, 그걸 담는 고병관 선생님의 마음이 어여뻤다. 책 속에 다 담아내지 못한 활자와 흑백 사진이 주는 짙은 감동이 있었다. 그 마음의 연장선에서 지금의 책을 기획했다. 67세 제자의 흔적을 세상에 남기듯, 57세 선배의 기록을 담아 주려는 후배가 고맙기만 했다. 부족한 사진으로 폐가 되지 않을까 걱정하는 후배와 아티스트의 영상을 졸필로 더럽힐 것 같은 나의 우려는 같은 마음이었다. 눈 내리는 날 흑백의 세상을 보며 따뜻한 찻속에 우리 이야기를 나누고 싶다는 순수함으로 공동 작업이 시작되었다.

그동안 몇 권의 책을 썼고 앞으로도 집필 계획이 있지만, 지금 쓰는 이 책이 가장 어려울 것이다. 사랑하는 사람들에 대한 기록이고 지나온 삶에 대한 보고서이며 앞으로 살아갈 길에 대한 출사표이기 때문이다. 혹여 이 글로 인해 상처받는 사람이 있을까 걱정도 된다. 실명을 모두 밝히지는 않았지만, 곁에 있던 사람들은 누구를 말하고 있는지 알 수 있을 것이다. 어떤 부분에서는 이름을 밝히고 감사한 마음을 전하는 것이 합당할 수도 있다. 마음을 다 드러낼 수 없는 한계가 있음에 양해를 구한다. 갑자기 결정한 명예퇴직과 출간 결심을 교직을 떠나기

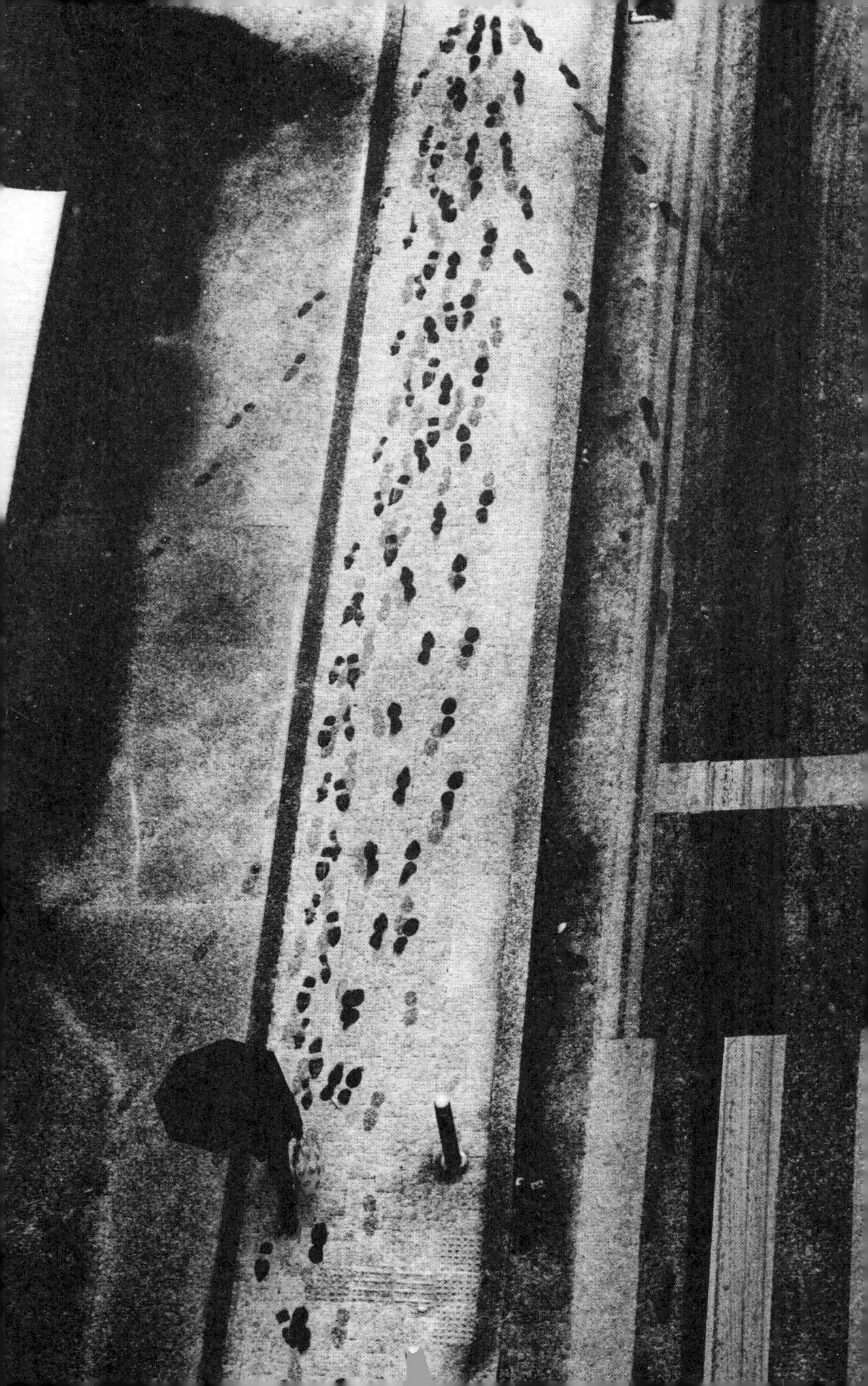

전에 매듭지으려다 보니 엉성한 부분이 많을 것이다. 소박하게 33년 동안 교단을 지킨 어느 교사의 자기 고백서라고 너그럽게 받아 주시기를 소망한다.

◀ 흔적

3부

시시로 존재 구상(存在 構想)하고

1
마음이

마음이 잡히지 않아
이제는 뭔가 해보려
마음 잡아 보려는데
마음과 몸이 따로 놀아

마음 둘 데가 없어
이제는 어딘가 진득하게
마음 놓으려 하는데
마음이 생각과 따로 놀아

마음이 잡을 수 없는 것을 쥐려 해
실체도 없는 것을
사그라지는 것을 있는 것으로
스치는 바람을 잡으려 해

마음이 둘 수 없는 곳에 머물려 해
형태도 없는 것을
지나치는 것을 머무는 것으로
흐르는 물을 손에 담으려 해

마음이 본래 있지도 않은 것을….

▼ 내 마음에 들려오는 작은 속삭임

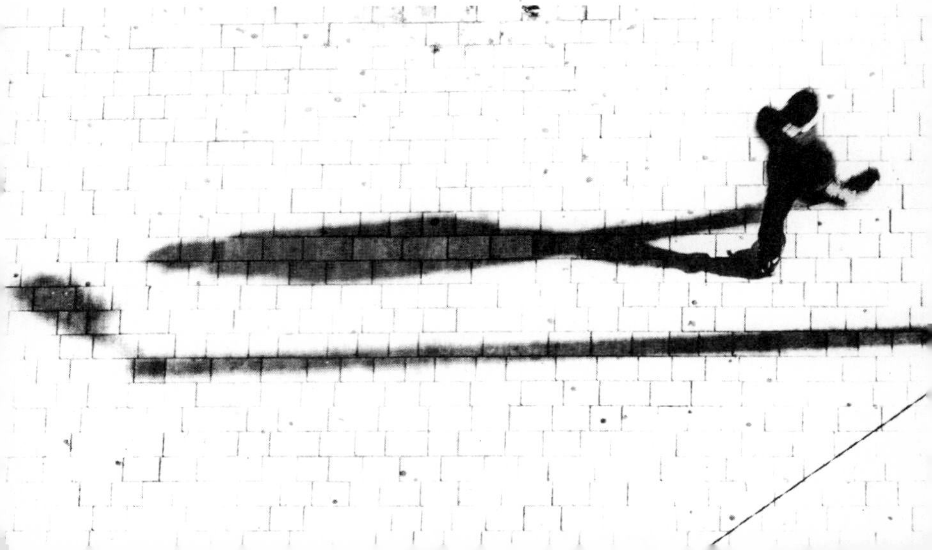

2
마음새

잘 해내고 싶던 소망이
참 멀리까지 흘러
여기까지 이릅니다.

흘러버린 감정이 넘쳐
주워 담을 수 없는 마음이
후두둑 쏟아지는
여름 소낙비 같습니다.

날지 못해도
울지 못하는 새는 없답니다.
저마다 우는 마음새가
소리 없이 내리는
봄비 같습니다.

▲ 봄비

3

봄베이

아들은 의무로 군대에 있고
난 선택이 아닌 상황에서 자가격리 중
안방, 거실, 공동 공간에는 드나들 수 없어
아들 방에 유리되어 투영된 존재들을 물끄러미 본다.

1년 전 너는 이 방에서 시를 읽었다.
음악을 듣고 영화를 보며
세상 사람들과 부대끼며 인정받고 싶은 욕망을
만상으로 표현하고 있었다.
초저녁 낄낄대던 웃음과 한밤중 한 잔 술에 더해지는 영화 속 감동
새벽녘까지 이어지던 유튜버의 게임 중계는 이제 없다.
나를 닮던 너를 되돌려
내 속에 너를 따라간다.
웃음은 연계되지 않고 홀로되어 간다.

방세를 보냈더니
입주민 환영 군발이 술
봄베이 사파이어 드라이진이 왔다.
47도 진에 독수공방이 달아오른다.
독하고 진하고 찐.
봄베이, 너, 우리.
봄베이로 중계된 고독
나를 닮은 너
너를 따라 하는 나
이 밤의 호흡으로 봄베이에 젖는다.

너의 밤은 의무
선택 없는 나의 밤
혼술은 내 옆에 있고
밤술은 너에게로 흐른다.

▲ 봄베이

4

비감

몇 번이고 옷을 들었다 놨다 반복했다.

옷 투정 안 하는데

옷을 입었다가 벗었다.

더 밝은 옷을 입으려는데

흰색은 손에 잡히지 않았고

검은색 외투는 중환자실에 들어설 때 벗었다.

기대와 달리 어머님은 지친 잠 속이다.

당신보다 좋아하시는 아들의 화사한 치장을 보지 못한다.

내 어머니는 위급 산을 몇 번 오르내리신다.

병원을 드나들며 아픔 속 사람을 들여본다.

내 아픔과 기쁨에만 오르지 말아야지.

아픈 사람에게

겨울이 너무 춥지는 않았으면 좋겠다.

아픔을 나누는 사람들에게 시린 겨울이 어서 갔으면 좋겠다.

벼랑 끝 사람을 미는 사람들이 없으면 좋겠다.

오늘 월드컵도 봤고 치킨까지 먹었다.
응원하는 선수가 골을 넣어서 환호했다.
그게 기뻐서
슬펐다.

동감은 비감(悲感)이다.
아무도 없고
어떤 것도 아니고
가진 것
보낼 것
되돌릴 수
어찌할 바 없어

지금 당신이 생각나서
슬프다.

“엄마, 힘들어.”
말할 수 없어서 슬프다.

▲ 감정

5

위로

고층 창으로 살포시 날아와
힘 못 쓰고 밀리는 진눈깨비 위로
초 삼월 거무죽죽 하늘의 어둑함이
대낮으로 달린다.

책상 위 11시에 고정된 고개
가벼이 받친 손바닥 위로
지그시 감은 눈 사이
스르르 흐르는 방울

1시로 향하는 무거운 머리
버팀목처럼 가져가는 오른손 위로
유리에 설 붙은 진눈깨비 너머
새봄을 그리는 시선

새끼손가락에 눌리는 눈두덩
장중에 눌리는 콧등의 시큰함 위로
세 손가락에 맞닿은 이마 밑 주름
엄지손가락에 말리는 광대뼈

느릿하게 움직이는 머리
고장 난 와이퍼처럼 애쓰는 목 위로
바람 빠지듯 뱉는 콧바람 한숨
등짝을 닿을 듯 깊어지는 아랫배

오른손 한 뼘 위로
뜨거운 커피가 식어가고 있다.

▲ 위로

6
시간

"과거와 현재와 미래라는 세 가지 시간이 있다고 말하는 것은 옳지 못하다. 차라리 과거의 현재, 현재의 현재, 미래의 현재, 이 세 가지의 때가 있다고 말하는 것이 옳을 것이다.

이 셋은 마음 안에 있다. 그렇지 않으면 내가 그것을 알 수 없기 때문이다.

과거의 현재는 기억이고, 현재의 현재는 직관이며, 미래의 현재는 기대다."

_아우구스티누스

"흐르는 시간은 나에게 어떤 의미가 있나?"

"나는 지금 어디에 서서 어디로 가고 있나?"

"우리 사회의 시계는 제대로 작동하고 있나?"

하루 24시간, 1년 365일! 우리에게 주어지는 시간은 같은 것처럼 보인다. 그렇지만 실상은 개인에게 부여된 시간은 각기 다르고, 시간이 균일하게 흐르는 것 같지 않다. 동시대 인간의 삶이 비슷할 것 같지만, 하는 일과 습관이 다르기에 시간의 활용이라는 면에서의 차이는 극명하다. 시간의 노예가 되기도 하고 시간을 백분 활용하는 사람도 있다.

흔히 시간을 '크로노스(chronos)'와 '카이로스(kairos)'로 구분한다. 크로노스는 객관적·절대적 시간으로, 누구에게나 공평하게 주어진 시간이다. 해가 뜨고 지는 시간이며, 과거로부터 미래로 흐르는 물리적인 시간의 흐름이다. 반면, 카이로스는 인간의 주관이 개입된 상대적 시간이다. 즐겁고 달콤한 시간은 빨리 흐르고, 싫어하는 사람과 같이 있다면 길게 느껴지는 그런 감정적 시간이다. 결국 우리에게 주어진 시간은 같지만, 사람마다 주어진 시간을 각기 다르게 활용한다. '25시의

사나이'라는 말이 있는가 하면, 시간을 허투루 쓰고 일생을 허비하는 인생도 있다. 누군가 아무렇지 않게 보낸 하루는 어제 죽은 사람이 그렇게 맞이하고 싶었던 내일이기도 하다.

한 번뿐인 인생! 흐르면 과거가 되는 이 순간을 어떻게 쓰고 있는가? 나는 오늘도 4시 30분에 눈을 뜬다. 물 한 컵을 마시고 화장실에서 휴대폰을 터치한다. SNS로 맺어진 지인의 안녕을 살피고 일과를 구상한다. 가족 식사를 챙기고 서로의 건투를 빌며 삶의 현장으로 달려간다. 아직은 학교에서 아이들을 가르치고 있다. 코로나 시국에 갑자기 학생들을 귀가시키는 일도 있고 원격수업이 길어지기도 한다.

그런데 학교에서 나를 불편케 하는 일이 있다. 구성원의 대부분이 대수롭지 않게 받아들이고 익숙한 일상으로 받아들이는 것 같지만, 까칠한 나로서는 수용하기 어렵다.

"수업 시작 2분 전입니다." 수업이 곧 시작될 것을 알리는 예비종이다. 시작을 알리는 종이 있는데, 굳이 또 시작을 예비하는 소음을 들어야 할까? 수업이 없는 교사와 교직원도 아무 생각 없이 수업 예비종을 들어야 할 이유가 있을까? 파블로프의 조건 반사 실험처럼, 종이 울렸으니 침을 흘리는 개가 되라는 것인가? 그렇다면 수업이 종료될 것임을 알리는 예비종은 왜 울리지 않는가?….

수업 예비종을 들으면 새마을 노래가 연상된다. "새벽종이 울렸네. 새 아침이 밝았네. 너도나도 일어나 새마을을 가꾸세……." 지금은 산업사회가 아니고 근대화의 논리로 학생들에게 근면성을 요구하는 것도 시대에 맞지 않다. 재택근무, 유연근무… 이제 일상처럼 접하는 용어들이다. 집에서 일하는 상황도 많아졌고, 자신의 여건을 고려하여 유연하게 조기 출근과 퇴근도 가능한 시대다. 일률적으로 통제하고 획일적인 기준에 따라 움직이는 사회가 아니다. 2분 전 종이 울렸으니, 각자 자기 자리로 돌아가 책을 펴고 수업을 준비하라는 것은 비현실적인 요구다. 2분의 꿀잠이 더 필요한 아이도 있고 시청각 자료를 마저 보려는 학생도 있다. 그나마 주어진 10분의 쉬는 시간 중 2분마저 잘라먹지 않았으면 좋겠다. 지금도 법정 수업 일수는 과하고, 학교에서 보내는 시간은 길다.

종이 울렸으니 모두 같은 행동을 하길 바라지 말라. 누구도 그걸 강제할 수 없다. 시대에 뒤쳐진 경쟁의 논리를 아이들에게 강요하지 말라. 아이들은 통제될 대상이 아니라 주체성을 지닌 자율적인 존재이다. 5분 전에 수업이 필요한 아이는 자신의 주체적 판단으로 움직이고, 3분 예습을 하는 아이는 자신의 결단으로 움직일 수 있다. 그렇게 자율성을 지닌 시민으로 사회에 나가야 한다. 학교에서부터 시대에 뒤떨어진 존재로 세상으로 몰아내는 일은 없어야 한다. 지금은 온전하게 쉼을 보장해야 할 시대다.

이제 우리는 미래를 바라보며 지금의 이 순간을 즐길 필요가 있다. 과거에 묻혀 향수를 말하는 사람과 미래에 저당 잡힌 인생도 행복해 보이지 않는다. '카르페디엠(carpe diem)'이라는 말처럼 '오늘에 충실(Seize the day)'하며 '자신의 인생을 즐기라(Enjoy yourself)'고 외칠 필요가 있다. 또한 '제구포신(除舊布新)'이라는 말도 있다. "묵은 것을 제거하고 새로운 것을 펼친다."는 의미다.

지난 시간과 일들에 만족스러운 사람은 많지 않을 것이다. 또한 자신을 완벽한 존재로 생각하는 사람도 없을 것이다. 중요한 것은 자신의 부족함을 알고, 겸손하게 자신을 변화시키며 채워 나가는 노력을 기울여야 한다는 것이다. 지난 일들의 부족함을 알면서도 여전히 과오를 반복함은 어리석은 일이다.

"말을 타고 가다가 그 말이 죽으면 어떻게 하겠는가?"라는 말이 있다. 말을 타는 일도, 주변에 그러한 상황도 많지 않기에 뜬금없는 이야기이다. 우리의 삶은 수많은 경험과 추억으로 채워 간다. 즐겁고 행복한 순간도 있었지만, 기억하고 싶지 않은 아프고 힘든 실패의 기억들도 있을 것이다. 그런 과거의 아픈 기억들이 오늘과 내일을 걱정하게 만들고 그것으로 인한 불안감은 나를 감싼다. 내가 타고 가던 말이 죽으면 우리는 당장 새로운 말로 갈아타야 한다. 죽은 말은 과거의 마음을 말한다. 과거에 집착하고 연연해하면서 그것에 얽매이면 안 된다. 아무리 죽은 말을 붙들고 아쉬워한들 달라질 것은 없다. 잠시 옆을 바라보면 내가 타고 가야 할 새로운 말들이 지나가고 있다. 그것이 우리의 오늘이고 내일이고 미래의 희망이다.

오늘, 지금 지나간 실패의 기억들, 잘못된 습성들을 반복하지 않는 것만 해도 우리는 충분히 새로운 것을 만들어 낼 수 있다. 과거의 잘못이 있었다면 충분히 받아들이고 책임을 지는 것으로 마무리하면 된다. 과거에 쌓인 이자는 오늘 열심히 벌어서 갚으면 그만이다. 과거의 부족한 습성을 자주 반복하는 것은 좋지 않다. 한두 번은 그럴 수 있다고 하더라도 지속적인 습관이 되면 인생에 크나큰 문제가 된다. 그 폐해는 다람쥐 쳇

▲ 시간

바퀴 돌듯이 무의식적인 강력한 힘으로 나를 미치게 할 것이다. 스스로가 그것을 멈추지 않는 한 영원히 반복에 따른 실수와 실패를 경험한다. 이제 '제구포신' 하자. 묵은 것을 제거하고 새로운 것을 펼쳐 보자. 묵은 것이 갔는데, 새로 온 것 역시 묵은 것이라면 그 삶은 묵은 삶이다.

7
공간

"우물 안 개구리에게는 바다에 대해 설명할 수가 없다.
그 개구리는 우물이라는 공간에 갇혀 있기 때문이다.
한여름에만 사는 여름 곤충에게는 얼음에 대해 설명해 줄 수 없다.
그 곤충은 자신이 사는 여름이라는 시간만 고집하기 때문이다.
편협한 선비에게는 진정한 도(道)를 설명해 줄 수 없다.
그 사람은 자신이 알고 있는 가르침에 묶여 있기 때문이다."

_장자

"나는 어떤 공간에 살고 있나?"

"공간의 구속에서 벗어나 자유롭게 사는 길은 무엇일까?"

"생활하고 있는 공간을 변화시키고 새로운 세상을 창조하는 방법은 무엇인가?"

시간과 공간은 인간의 존재 양식이다. 시간과 공간은 인간 존재에 대한 인식의 문제이고, 철학은 그 시공(時空)의 세계에 대한 의미를 부여한다. 인간 존재의 일상에 대한 의미 부여가 철학이고, 그 의미 부여는 과학과 닿아 있다. 우리가 알고 있는 상당수의 철학자는 과학자이기도 하다. 근대 이후 철학은 과학과는 달리 형이상학적인 부분에 집중했고, 과학은 철학의 인식론을 등한시했다. 그래서 철학과 과학은 일정 거리를 두는 듯하나, 여전히 인간의 인식과 존재의 영역에 관한 연구는 과학을 등한시할 수 없는데, 그 대표적인 것이 시간과 공간의 문제인 듯하다.

시간은 운동과 변화, 생성, 인과의 문제이고, 공간은 물질의 문제와 운동, 기하학의 문제이다. 건축과 그림은 공간 안에 존재하는 '공간'의 예술이고 음악은 시간의 연속성과 변화가 있는 '시간'의 예술이다. 영화는 변화하는 그림이지만 공간적 연속성을 창출하기 때문에 공간과 시간, 양 차원에 걸쳐 있다. 영화 속에 등장하는 인물이 공간과 시간의 양 차원에 존재함은 설명할 필요가 없는 부분이다.

인간이 속한 공간의 문제를 풀기 위해 과학의 힘을 빌어야 하지만 어렵고 복잡한 문제임을 인식하고 나의 한계를 인정할 수밖에 없다. 여기서는 내가 존재하는 공간에 대한 이해와 새로운 공간 창출을 위해 공간에 대한 의미를 부여해 보기로 한다. 공간에 대한 과학 철학적 따짐이 아니라 생활하며 경험하는 영역으로 접근해 보려 한다.

공간은 우리에게 익숙한 개념 중의 하나이다. 우리는 '자리' '곳' 등과 같은 장소의 개념으로 공간과 일상적으로 만난다. 활동하는 장소나 그 자리를 어떻게 구성할 것인가 등과 같이 일상적인 경험을 통해 공간의 개념을 파악하고 일상생활에서 별 의문 없이 살아가고 있다.

그렇지만 이러한 일상적인 공간 개념이 어디서 출발하여 어떻게 구성되었는지 파악하는 것은 쉽지 않다. 우선 공간의 개념에 대한 철학과 과학의 변화 과정을 간단하게 알아보고 지금 우리에게 공간이 갖는 의미를 살펴보자.

공간이 철학적 논의의 주제로 등장한 것은 고대 그리스였다. '만물의 근원을 수(數)'라고 말한 피타고라스는 사물을 구분하는 데 숫자가 필요했고, 사물을 구분하기 위해 공간의 개념이 있어야 했다. '만물의 근원은 원자'라고 말한 데모크리토스는 원자의 활동이 이루어지는 장소로서의 공간 개념을 도입했다. 한편 관념론자로 대변되는 플라톤은 물리적 실체가 공간의 일부일 뿐이라고 주장하면서, 물질을 공간적 형태로 환원하였다. 이후 아리스토텔레스는 《자연학》과 《범주론》에서 공간 이론을 체계화했다. 공간이란 물체들이 점유한 모든 장소의 총합을 의미하고, 장소는 물체가 점유한 경계로 제한되는 공간의 한 부분이라고 칭했다. 중세 철학에서 공간은 신학적 개념으로 신의 창조물이고 물질적 우주 밖에도 공간이 무한히 펴져 있다고 설명하였다. 근대의 공간 개념은 칸트에 의해 설명된다. 그는 공간이 경험에 의해 생기 것이 아니라 선천적인 필연에 의해 생긴 것이며, 공간은 모든 개체들이 포섭되는 일반 개념이 아니라 일체의 특수한 공간이 포섭되는 직관이라고 했다. 공간은 무한히 주어진 크기로서 공간이 외적 지각의 형식에 불과하다고 설명했다.

공간에 대한 철학적 성찰은 '공간이 하나의 존재론적 실체인가?'에 대한 의문이다. 공간이란 '텅 빈 자리'를 나타내는 것이고 이는 곧 '없음'을 의미한다. 이때 공간 자체를 '있음'으로 말한다면 여기서 '있음'은 실체인지 묻게 된다. 공간이라는 개념이 없이 그 어떤 존재도 있다고 상상하는 것은 불가능하다면 공간은 실체가 된다. 또한 공간은 절대적인 개념인가에 대한 물음이 존재한다. '절대적'이라는 것은 '완전하고 자족적이며 자신 이외의 어떤 것에도 의존하지 않는 실재의 한 질서'를 의미한다. 공간의 절대성에 대한 물음은 다시 3차원 유클리드 공간과 특수 상대성 이론의 바탕이 되는 4차원 유클리드 공간으로 구분하여 설명되어야 한다. 여기에 공간은 유한한가에 대한 의문이 남아 있다. 공간의 개념을 이해하기 위해 많은 과학적 도움이 필요하다. 가장 초보적인 수준으로 유클리드와 아인슈타인의 이론으로 설명되는 부분이 있으나 여전히 이해하기 어려운 물리학의 영역이 남는다.

공간을 이해하기 위한 철학적 질문과는 별개로, 공간 개념에 대한 과학적 접근은 철학적 논쟁에 수정을 요구한다. 과학은 공간의 개념을 좀 더 설득력 있게 설명하며 발전을 거듭했다. 첫 번째 변화는 삼차원 유클리드 공간 개념을 설정하던 시기에 일어났다. 땅의 넓이와 물체의 부피를 측정하기 위한 노력에서 출발하여, 공간상의 위치를 정확하게 지정하는 과정에서, 공간 안에 존재하는 물체들 사이에는 유클리드 기하학이 적용된다는 것을 밝혀냈다.

이어 등장한 특수 상대성 이론에 의해 4차원 유클리드 기하학은 공간이 시간과 아울러 이루어진다는 것을 증명했다. 시간과 무관할 것으로 생각됐던 공간 개념이 실제로는 시간과 분리할 수 없는 4차원 공간의 3차원 부분공간에 해당한다는 것이다. 이것 또한 1915년 아인슈타인에 의해 공간 개념의 획기적인 변화가 일어난다. 시간과 공간 모두 휘어질 수 있다는 주장이다. 공간 안에서 물체가 휘어지는 것은 이해할 수 있으나, 공간 그 자체가 휜다는 주장이다.

공간에 대한 철학과 과학의 해명이 실제 우리들의 일상에는 그리 큰 의미를 부여하는 것 같지는 않다. 우리들이 생각하는 공간 개념은 이러한 개념 요소들을 하나의 개념으로 엮어 통합적으로 파악해 낸 지적 구조물로 존재한다. 우리는 수많은 이념적 공간을 만들고 있으며 이들은 모두 나름대로 유용성이 있다.

먼저 전후·좌우·상하의 모든 방향으로 퍼져 있는 입체적 범위로서 공간을 어떻게 활용할 것인가의 문제다. 공간을 채우는 것과 비우는 것 그리고 공간 속에 있는 사물들을 어떻게 배치할 것인가의 고민이다. 공간 구성과 그 속에 사물의 배치를 보면 그 사람의 자아관과 세계관을 엿볼 수 있다. 공간 속의 개체들이 모여 공간을 형성하고, 그 공간 속에 자아가 투영되어 있다. 공간 속 배치물로 개인의 가치관과 미적 취향 그리고 심리 상태를 파악할 수 있다. 땅과 집 등 부동산은 소유 욕구를 자극하여 인간을 물질과 욕망의 노예로 만들 수 있다. 땅은 부의 원천으로 매매의 대상이지만, 인간에게 무한의 자유를 주는 공간이고 세상의 이치를 담은 자연이기도 하다. 어쩌면 현대인은 공간을 채우려는 노력보다 비우기 위한 노력을 해야 하고, 인간 자신도 공허를 배우며 인간 본연의 태생적 웃음을 찾을 수도 있다고 생각한다.

주변에서 일상적으로 '우물 안 개구리'라는 말을 듣게 된다. 우물 안에서만 사는 개구리는 우물만큼의 넓이와 깊이로 세상을 이해하는 어리석은 미물(微物)이다. 자신만의 세계에 빠진 존재로, 진리와 세상 돌아가는 물정을 제대로 알지 못하여 비웃음의 대상이 되기도 한다. 세상은 하나의 지구촌이고 글로벌한 세상이라고 말하면서 우리의 의식은 편협하고 이웃과 연대하지 못하고 있다. 내 안에 우주를 품은 세계시민으로서 공존 공생의 인류를 고민할 필요가 있다. 우물 안 개구리로 공간에 구속받는 존재가 아니라, 스스로 자신의 공간과 영역을 확장하는 자유인으로 일탈해야 한다.

이제 공간은 물리적 실체만을 의미하지는 않는다. 물질이 존재하고 여러 현상이 일어나는 장소의 개념만이 아니라 인간

▼ 공간

이 창조하는 지적 산물이기도 하다. 가상의 공간은 '없음의 세계'가 아니라, '무한한 상대적 세계'가 되었다. 인간은 공간을 채우고 비우며 변형하는 존재에서, 공간을 창조하여 제3의 인간으로 자신을 탄생시키는 존재가 된 것이다. 공간과 시간과 인식의 한계 속에 갇혀 버린 인간이 마음만 먹으면 자신이 원하는 나를 만들고 마음먹은 대로 자신을 진화시킬 수 있게 되었다. 메타버스의 세상에서 경제활동을 하고 문화를 영위하며 사회생활을 하게 되었다. 그 공간이 현실의 공간과 어떤 차이를 갖고 관계를 맺을 것인가는 이제 중요한 것 같지 않다. 이제는 누가 먼저 가상의 공간을 선점하고 신세계를 창출하여 경쟁력 있는 조물주가 될 것인가, 그것이 우리에게 닥친 문제인 듯하다.

세상이라는 공간에서 살아남기 위한 인간의 일상은 결국 인간을 구속하여 부자유 세상의 나락으로 내몰게 될 것이다. 인간은 시간과 공간 속에 어떻게 존재할 것인지에 대한 주체적 사유와 결단이 요구되는 시대다.

8

자아

“사람은 나와 너의 관계를 맺음으로써 너와 더불어 현실에 참여한다.

나는 너와 더불어 현실을 나눠 가짐으로 말미암아 현존적 존재가 된다.”

_마르틴 부버

“나는 나에 대해 얼마나 생각하고 있나?”

“오늘 나에게 어떤 말을 걸었나?”

“나의 시선은 어디를 향해 있나?”

정보의 홍수 속에서 현대인은 과거와는 비교도 되지 않을 만큼 엄청난 지식을 배워간다. 학교와 각종 매체가 제공하는 수많은 지식에 매몰되어 우리는 자신이 누구인지 알지 못한다. 지식은 쌓이는데, 지식을 쌓아가는 자신의 존재 자체에 대해서는 알지를 못한다. '자신'은 반성과 성찰을 통한 자기 존재의 인식이 아니라, 이해와 설명의 대상이 되었다. 나 또한 사물처럼 취급되는 대상물이 된 것이다.

"너 자신을 알라!" 소크라테스가 인용하여 인류에 남긴 말에 우리는 어떤 답을 하고 있나? 소크라테스는 아테네 시민들에게 자기가 소유한 것들에 마음을 쓰기보다는 우선 자기 자신을 돌봄으로써 가능한 한 탁월하고 현명한 사람이 되기를 원했고, 나라에 속해 있는 것에 마음 쓰기보다는 나라 자체에 마음 쓰기를 권했다. "나는 누구인가?"라는 물음은 존재의 진리에 대한 물음과도 같았다. "성찰하지 않는 삶은 살 가치조차 없다."라는 그의 말에 현시대는 답을 외면하고 있다.

이제 '나' '자신' '자아' 등과 같은 용어는 철학적 담론이 아니라 심리학자나 정신분석학자가 더 많이 사용하는 용어가 되어버렸다. 정신분석학에서 프로이트는 전체 자기를 자아와 같은 용어로 사용하다가, 인격은 '이드'와 '자아'와 '초자아'의 세 부분으로 구성되고, 자아란 원시적 충동과 현실의 외계를 중개한다고 주장했다. 심리학자들은 자아가 성장 과정에서 여러 종류의 장애들을 지닐 수 있기에, 정신 치료를 통해 온전한 자아의 기능을 회복하는 처방을 내놓았다.

자기·자신·자아는 반성하고 성찰하는 주체가 아니라 단지 설명과 분석의 대상으로 전락했다. 주객(主客)이 전도된 인간 소외의 상황이 아무렇지도 않게 펼쳐진 세상이다. 마치 제주 올레길을 다녀왔음을 타인의 도장으로 확인하는 느낌이다. 올레길을 걸었는지는 자신이 누구보다 더 정확하게 알고 있는데, 올레길 순방을 타인에 의해 증명받으려는 어리석음과 같다. 촛불이 주변을 밝혀도 정작 자신을 밝히지 못하듯, 존재의 진리를 나 자신에게서 찾기를 외면하는 현실을 어렵지 않게 발견한다.

'자신(자아)'는 타인과 구별되는 자기만의 고유한 특성이나 능력을 지닌 정체성을 의미한다. 그리고 자아정체성(自我正體性)은 "나는 누구인가?"에 대한 자기 해답이다. 타인이 바라보는 자신에 대한 표현이 아니라 스스로 자신에 대해 알고 표현하는 '내가 생각하는 나'다. 자아정체성은 자아라는 개념이 발달하면서 자기 스스로 자신의 독특성을 자각한 상태다. 누군가가 "자신의 특성을 가장 잘 드러내는 단어를 3가지 말하고, 그렇게 말한 근거를 구체적으로 구술해 보라."고 하면 답변을 잘하지 못한다. 그 이유는 평소 자신에 대해 생각해 본 일이 거의 없기 때문이다. 청소년기에 자신에 대해 많은 생각을 해 봐야 하지만, 우리나라 학생들은 내면의 자신을 돌아볼 여유를 갖지 못하고 있다. 수학 문제를 잘 푸는 학생은 많은 수학 문제를 풀어 보면서 수리적 개념이 형성되어 있다. 그에게 수학 문제를 물어보면 답변을 잘한다. 그런데 "너는 누구니?"를 물으면 답변하지 못한다. 수학 문제는 많이 풀어 봤지만, 자신에 대해 질문을 하고 풀어 본 경험이 없기 때문이다. 내가 나에 대해 잘 모르는데, 누가 나에 대한 해답을 제시할 수 있겠는가? 그렇기에 자신에게 닥친 문제가 있으면 부모, 친구, 교사, 인터넷 등에 묻고 타인에 의존하게 된다. 결국 자신의 인생 속에 자신은 없고 자존감 없는 존재로 타인화되어, 내가 없는 나의 인생을 살아가는 것이다.

"나는 생각한다. 고로 존재한다." 나에 대한 자각을 소크라테스가 강조했다면, 생각하는 자아를 철학의 주제로 삼은 것은 근대 이후이다. 데카르트는 '나는 생각한다. 고로 나는 존재한다(cogito, ergo sum)'라는 명제에 의하여 자명한 것만을 진리로 인정하려 했다. 내가 의심할 수 없는 유일한 진리는 내가 생각한다는 것, 그리고 생각하는 한에서 나는 존재한다는 것뿐이라고 밝혔다. 항상적 실체로서 '생각하는 나'는 자기의식이자 자기반성이다. 반성(反省)이란 나를 거울에 비춰 보는 것이다. 나를 자신의 내면세계에 있는 거울에 투영해 보는 것이다. 거울 속에 있는 존재는 나 자신이라는 자기 동일성을 지닌 실체이다. 실체란 스스로 자기를 이해하는 자립적인 존재자다. 나를 의식함으로써 나를 정립한다는 것은 자족적이고 독립적인 존재자가 된다는 것을 의미한다.

이러한 근대 합리론은 주체와 다른 주체와의 만남으로 존재의 지평을 열지 못하였다. 인간과 세계는 나의 의식 밖의 존재들이기에 결국 나와 대상과의 인식의 문제일 뿐이다. 인간관계라는 것도 인격 주체의 만남으로 이어지지 못한다는 한계를 지니게 된다. 그렇지만 근대 합리론이 제기한 반성적 자아, 존재의 자기 동일성은 현대인에게 시사하는 바가 크다. 우선 나는 자신을 거울에 비추어 보고 있는지 반성해 볼 일이다. 세상

속에 비추어진 나에 대한 상대적 평가를 신경 쓰고 주변인과의 관계 형성을 고민하면서도, 정작 자신과는 어떤 대화와 만남도 하지 않고 있다. 오늘 나는 나에게 어떤 말도 건네지 않았고 시선도 주지 않았다. 하물며 나에 대해 너무나 인색한 평가를 하고 있다.

"타인에게 관대하고 자신에게 엄격하라."는 중학교 도덕 선생님의 말씀을 진리처럼 생각했다. 인격 형성기에 교훈적인 의미가 나의 인성에 긍정적으로 기여한 면이 있다. 그러나 나는 이제 자신에게 관대할 것을 주문하고 싶다. 흔히 말하는 '내로남불'의 사례를 주변에서 너무나 쉽게 발견할 수 있다. '내가 잘하면 실력이고 타인이 잘한 것은 운이며, 나의 잘못은 실수이고 상대방의 잘못은 수준이다.'라고 말한다. 그런데도 나는 나에게 그리 독하게 굴 필요가 있는지 생각해 볼 일이다. 오히려 '괜찮다!'라고 따뜻한 자기 위로의 말을 건네기를 권한다.

자신감이 부족한 어떤 사람이 "내가 할 수 있을까?"라고 물어오면, 대부분의 사람은 "그래, 할 수 있어."라고 답변해 줄 것이다. 그 사람이 정말 부족해 보이고 잘 해내지 못할 것이라고 확신하더라도, "할 수 있어. 이겨 내."라는 긍정의 언어를

전할 것이다. 그런데 나는 늘 나 자신에게 말을 걸지도 않았고 어쩌다 해준 말이라고는 자신감을 떨어뜨리는 자존감 결여의 언어일 것이다. 이제 좀 더 내면의 자신에게 위로의 말을 전했으면 좋겠다.

"사람은 나와 너의 관계를 맺음으로써 너와 더불어 현실에 참여한다." 부버는 인간은 홀로 존재하는 것이 아니라 관계 안에서 의미를 찾는다. 인간은 관계 속에서만 진정한 자아를 찾을 수 있기 때문이다. 근대 철학은 주체를 독립된 실체로 간주하고 관계성에 눈을 돌리지 못했다. 주체의 문제가 더 이상 인식론의 한계 속에서 자신을 대상화하거나 동일성을 찾는 방식의 논의는 이미 의미를 상실한 지 오래다. 철학이 아니라 상식으로 생각해도 인간은 사회적 존재이고 내 안에 이미 많은 요소를 포함하고 있다.

부버는 현대의 비극은 인간과 인간 사이의 참된 관계와 대화가 상실이라고 진단하였고, 《나와 너(Ich und Du)》에서 세계를 대하는 두 가지 태도를 말하고 있다. 하나는 '나와 너(I-You)'의 관계이고 다른 하나는 '나와 그것(I-It)'의 관계이다. '나와 너'의 관계는 서로가 인격적으로 대하는 것으로, '나'

▲ 자아

와 대체 불가능한 '너'가 깊은 신뢰 속에서 존재한다. 반면에 '나와 그것'의 관계는 대상이 언제든지 대체될 수 있는 도구적인 대상으로 존재한다. '나와 너'의 관계인가, 아니면 '나와 그것'의 관계인가는 나와 대상의 차이만이 아니라, 그 관계 속에 있는 '나' 또한 본질적으로 다르게 존재한다. 만약에 내가 '나와 그것'의 관계를 맺는다면, 나 자신 또한 도구로서 존재하여 참다운 나를 발현하지 못한다. 인간이 참다운 자신을 발견하기 위해서라도 '나와 너'의 관계를 맺어야 한다고 말한다.

부버가 말한 '만남과 대화의 윤리'는 푸코가 주장한 '자기 배려'와 의미가 통하는 듯하다. 여기서 자기 배려는 인간의 처신과 행동 및 관계 맺음으로, 자신과 타인 그리고 세계를 대하는 태도다. 자신을 배려한다는 것은 시선의 자기 전환이다. 즉 시선을 외부·타인·세계 등으로부터 자신에게로 돌려 자신을 변형하고 정화하며 변모시킨다는 것이다.

우리가 세상을 대하는 방식은 이중적이다. 나와 타인에 대한 잣대와 태도가 이중적일 이유가 없다. 상대적 관점으로 세상에 자신을 내던지지 말고 자신의 관점으로 자신과 세상을 대하며 자신을 능동적으로 개척해 나갈 필요가 있다. 김춘수의 시 〈꽃〉에서처럼 다만 하나의 몸짓에 지나지 않았던 그를 불러 줘야 한다. 우리는 사람과 사물을 부르면서도, 정작 내 안에 있는 나를 자주 부르지는 않는다. 내가 그의 이름을 불러 주었을 때 그가 나에게로 와서 꽃이 되었듯이, 내가 나의 이름을 자주 불러 줄 때, 내 안에 있는 나는 나에게로 다가와 새로운 나를 만들어 줄 것이다. 그럴 때 비로소 나의 시간과 공간이 열리고 나의 길이 펼쳐진다. 스스로 자신의 변혁을 추구하는 주체적 인간으로 살아야 한다.

9

육체

"걸음걸이를 무겁게 하라(足容重).

손가짐을 공손히 하라(手容恭).

눈가짐을 단정히 하라(目容端).

입은 조용히 가지라(口容止).

말소리를 조용히 하라(聲容靜).

머리가짐을 곧게 하라(頭容直).

숨쉬기를 정숙히 하라(氣容肅).

일어설 때는 덕스럽게 하라(立容德).

얼굴 모습은 장하게 하라(色容莊)."

_예기(禮記)

"육체와 정신은 분리될 수 있나?"
"내 몸 중 어디를 가장 먼저 바꾸고 싶은가?"
"행복한 인생을 위해 심신을 수양하는 방법은 무엇인가?"

"몸짱이 되자!" 탐나는 육체를 가꾸기 위해 열광하는 청춘이다. 더 나이가 들기 전에 초콜릿 복근과 몸매 라인을 완성하여 화보 하나 정도는 찍어 두고 싶어 한다. 이제 육체를 가꾸는 것은 멋 부리기가 아니라 도시인의 삶을 멋지게 표현하는 한 장면으로 자리 잡아 가는 것 같다. 젊은이들의 대다수는 인간관계가 소원해지고 비싼 비용이 발생해도 마음에 드는 육체를 갖는다면 기꺼이 대가를 치를 것이다. 자연인을 꿈꾸며 깊은 산자락으로 들어가려는 장년의 삶과는 대비된다.

현대인의 삶에서 육체가 무엇이기에 그렇게 몸 가꾸기에 열심일까? 몸은 정신과 육체를 포함하는 개념인데, 몸 가꾸기는 그저 육체 만들기로 여겨진다. 드러나는 육체 이외에 내면의 정신을 수양해야 한다고 말하면 시대를 읽지 못한 꼰대일까?

'육체가 없는 몸'이나 '정신이 없는 몸'은 없다. 그런데 우리는 몸에서 육체와 정신을 분리하고 그중에 어떤 부분을 더 강조하는 경향이 있다. 육체와 정신을 나눠서 생각하는 것은 가능한 것인지, 언제부터 이분법적 사고에 젖어 있던 것인지 살펴보자.

몸이 곧 나다. 몸은 생명의 탄생부터 존재하고 죽음으로 사람들의 육안에서 사라진다. 몸으로 평생을 살기에 건강하고 아름다운 몸을 갖는다면 큰 복일 것이다. 우리는 거의 매일 거울 앞에 선 자신을 보고 있고, 살면서 몸의 변화를 느낀다. 그렇지만 피상적으로 자신을 볼 뿐, 정작 자기 몸에 대해 잘 알지는 못한다. 몸에 이상이 오고 나서야 의사나 타인의 시선으로 자기 몸을 알게 된다. 불행하게도 신체의 어느 부분이 아프거나 정신적인 질환으로 삶을 감당하지 못하게 됐을 때, 자기 몸에 대해 뒤늦은 관심을 보인다.

"왜 이제야 나를 돌아보는 거지?"
"어디가 아프다는 것을 알고 있는 거야?"
"그래서 뭐 어디를 어떻게 해볼 건데?"

세상살이 바쁘다는 핑계로 자신을 돌보지 않아 혹독한 대가를 치르는 현대인이 늘고 있다. 몸이 육체와 정신의 결합이지만 우선 육체가 병들고 썩어갈 때, 정신을 차리지 못한 자신과 직면한다. 건강한 육체에 건강한 정신이 깃든다는데 도대체 육체와 정신 중 무엇부터 어떻게 회복해야 하는지. 또다시 의사나 전문가를 찾고 여전히 나는 내 몸을 타인에 내맡긴다.

육체와 정신은 모두 나의 일부이기에, 둘 중 어느 쪽이 고장 났다면 이미 내 몸은 온전하지 않다. 그런데도 우리가 육체와 정신을 분리해서 사고하는 것은 근대 철학에 머물러 있는 인식 수준 때문인 듯하다. 데카르트는 물질로서의 육체와 생각의 주관자로서 정신을 이원적으로 분리하였다. 육체와 정신을 양분하고 정신을 우위에 두고 육체를 하등하게 보았다. 인간의 몸은 정신이 결여된 기계이고, 정신은 독립해서 존재한다는 이원론적 사고 구조를 탄생시켰다. 나아가 인간·정신·문명·남성 등이 자연·물질·야만·여성 등보다 가치론적 지위에서 우위를 점하는 이분법적 전통이 확립된다. 이러한 근대 서구 합리론자의 영향으로 도구적 이성의 득세, 인간 중심주의로 인한 환경 파괴, 서구 중심적 제국주의, 여성에 대한 남성 중심적 차별까지 확장된다. 이후 사르트르, 하이데거, 푸코 등은 '정신 없는 육체'란 존재할 수 없다고 역설한다. 메를리 퐁

티는 사유는 몸의 지각을 통해 이루어지고, 몸은 의사소통을 가능하게 하는 의미 전달의 매개체라고 주장한다. 또한 후설은 인간의 몸을 물질적·감각적·의지적 층위로 파악하여 인간의 몸은 물리 법칙의 지배를 받으면서 동시에 '생명과 의식으로서의 몸'으로 규정했다. 한편 자본주의의 발달과 함께 인간의 육체는 쾌락과 소비의 수단이 되었다. 인간의 육체는 포장과 상품화를 거쳐 물질 생산과 유통 그리고 소비를 촉진하는 도구로 전락했다.

서양의 이분법적 사유 체계와는 달리 동양은 육체와 정신을 양분하지 않았으나, 서구에 의해 동양으로 규정된 우리는 서구의 인식 체계와 자본의 논리에 의해 육체와 정신의 연관성을 바르게 조망하지 못하고 있다.

"얼짱이 되자!" 우리는 육체를 통해 타인과 소통하고 유대를 형성한다. 육체를 통해 의미를 전달하고 사회성을 촉진한다. 좋은 감정과 싫은 표현을 육체로 드러낸다. 인상만으로 호감을 주는 사람이 있고 괜히 싫거나 혐오를 느끼게 하는 사람도 있다. 미적으로 아름답다고 평가를 받는 사람은 다른 조건과는 무관하게 주변의 시선을 사로잡는다. 외모 지상주의가

팽배하다 보니 돈과 의술의 힘으로 외형을 바꾸려는 경향도 커지고 있다. 육체 중 타인에게 가장 잘 드러나는 부분이 얼굴이기에 사람들 사이에서의 관심은 얼굴로 집중이 된다. 이목구비만이 아니라 얼굴형과 피부까지 모든 부위가 성형의 대상이다. 아름다워지고 싶고 인정받고 싶은 심리는 이해할 수 있으나, 그 원초적 욕구를 타인에 의존하여 해결하고 세상살이를 쉽게 하려는 것은 문제가 될 수 있다. 미(美)의 사회적 기준에 자신을 뜯어고치려는 노력은 오래가지 않고 성형의 지나친 욕구는 본연의 자신을 잃고 방황하는 자아를 경험하게 된다.

주체성 없이 다른 사람의 아름다움을 덮어놓고 모방하려는 어리석음을 말해주는 일화가 《장자(莊子)》의 〈천운편(天運篇)〉에 나온다.

중국의 4대 미인 중에 서시가 있었다. 서시의 미모에 세인의 이목은 집중되었고 그를 따르는 행렬도 길었다. 서시가 심장병으로 인한 가슴 통증으로 눈살을 찌푸리고 다녔는데, 뛰어난 미모이기에 그 찌푸림마저 다른 사람들에게는 매력적으로 보였다. 이를 지켜본 동시가 서시의 눈살을 보고 일부러 얼굴을 찌푸리고 돌아다녔다. 동시의 찡그린 모습을 본 마을 사람들은 그녀를 피하고 대문을 걸어 잠궜다고 한다.

외형에만 눈길을 주고 본질을 보지 못하는 동시의 어리석음을 우리는 잘 파악하지만, 동시와 같은 행동유형은 우리 주변에 너무나 많다. 동양에서 아름다운 사람은 비단 뛰어난 외모만을 말하지는 않았다. 유가에서 인간은 하늘의 기품과 땅의 형상을 타고난 중간적 존재로 보았다. 그리고 군자·선비·학자 등 이상적인 인간들의 지성은 육체에 흐르는 기(氣)에서 발현하는 것으로 보았다. 또한 인간이 어떤 외모를 하고 어떻게 생각해야 하는지는 '구용(九容)'과 '구사(九思)'에 잘 나타나 있다. 외모와 생각이 따로 놀고 있지 않음을 잘 보여주는 예가 되기도 한다.

구용은 올바른 몸과 마음가짐을 강조하고 있다. 그 내용은 "걸음걸이를 무겁게 하라(足容重). 손가짐을 공손히 하라(手容恭). 눈가짐을 단정히 하라(目容端). 입은 조용히 가지라(口容止). 말소리를 조용히 하라(聲容靜). 머리가짐을 곧게 하라(頭容直). 숨쉬기를 정숙히 하라(氣容肅). 일어설 때는 덕스럽게 하라(立容德). 얼굴 모습은 장하게 하라(色容莊)."이다.

구사는 학문과 생각을 하는 기본자세를 보여주고 있다. 그 내용은 "사물을 볼 때는 밝게 보기를 생각하라(視思明). 들을 때는 똑똑히 들을 것을 생각하라(聽思聰). 얼굴빛은 온화하게 갖기를 생각하라(色思溫). 용모는 공손하기를 생각하라(貌思恭), 말을 할 때는 성실함을 생각하라(言思忠). 의심나는 것은 물을 것을 생각하라(疑思問). 분할 적에는 곤란할 때를 생각하라(忿思難). 이득이 생기면 그것이 의로운 것인가를 생각하라(見得思義). 일에 있어서는 공경함을 생각하라(事思敬)."이다.

1인 시대, 나를 만들어 가는 인생은 멋지다. 창조적인 삶에는 몸에 관한 관심이 필요하다. 남에게 보이는 인생이 아니라 나에게 충실한 삶은 나의 육체를 통해 타인에게 비추어진다. 부모로부터 엄청난 부를 물려받아 물질적으로 자유롭게 살고 싶은 청춘도 있을 것이다. 도전이 두렵고 실패가 패자로 낙인되는 사회일수록 안정된 자산을 물려받은 것은 부러움의 대상이 된다. 그러나 냉철하게 자신의 주변을 보면 그런 사람은 드물고 나 또한 그런 부류의 사람이 아니라면 이제 생각의 전환이 필요하다. 건강한 육체를 갖추기 위한 노력이 내 평생 최고의 자산을 쌓는 일이라는 생각도 가능하다. 건강한 육체를 갖고 두둑한 뱃심으로 가능성을 현실로 만들어 나가는 삶도 나쁘지는 않을 듯하다.

이제 우리는 근대 서양 인식론에서 주장한 이분법적 사고에서 벗어날 필요가 있다. 오히려 동양에서 강조하고 있는 심신 수련에 주목해 보자. 굳이 육체와 정신의 조화라는 말보다는 그냥 몸과 마음에 대한 수련과 실천을 통해 조화로운 인간을 추구하는 것은 어떤가? 예를 들어 인도의 '요가(yoga)'는 "말을 마차에 묶는다."는 의미를 담고 있다. 마음껏 달리고 싶은 말을 마차에 묶어 마부가 원하는 길로 달리게 하듯이, 욕망을 관리하여 영혼의 자유로움을 경험하는 심신의 수행은 좋은 일이다. 유교의 수신, 도교의 수양, 불교의 수행 등은 몸과 마음의 단련을 통해, 속세적 자아로부터 벗어나서 본래적 자아를 회복하는 것이다.

내가 나의 '웰니스 코치(Wellness Coaches)'가 되는 것이다. '웰니스'란 행복과 건강의 의미를 포함하는 신체적·정신적·사회적으로 건강한 상태를 의미한다. 웰니스 코치는 사람들이 건강하게 삶을 살 수 있도록 삶의 방식을 안내하고 지원한다. 육체적 건강뿐 아니라 정신적 건강까지 포괄하여 건강한 삶을

▲ 육체

유지할 수 있도록 도와준다. 웰니스의 개념이 포괄적이어서 육체적 건강과 더불어 사고방식·종교·지식·기술·가치관·활동까지도 관심사다. 건강에 대한 관심이 증가하면서 고객이 건강을 유지하고 개선하도록 체중 조절, 바른 식습관, 건강 위험신호, 스트레스를 다루는 방법 등에 대해 조언하는 것도 웰니스 코치의 일이다. 내 몸은 내가 가장 잘 안다. 나는 나의 웰니스 코치이자 타인의 건강을 돕는 역할도 수행할 수 있다.

심신의 수양을 통한 자기 변혁의 노력은 육체적으로 작은 불편함과 욕망에서 벗어나게 한다. 세상살이의 불편함과 욕망의 무분별한 방종을 정신, 즉 이성의 힘에만 의존하려는 것은 어리석은 일이고 가능하지도 않다. "나이 40이 되면 얼굴에 책임을 져야 한다."는 말이 있다. 살아온 인생의 질곡과 애환이 얼굴에 드러난다. 오늘의 나의 변신과 변혁은 행복한 인생의 살아갈 두둑한 배짱을 주고 타인에게 관대한 손길을 내밀게 할 것이다.

10
문학

"그래, 글을 쓰자!"

그동안 살아온 삶을 정리하고 앞으로 살아갈 방향을 궁리하는 중에 집 근처 도서관에서 '슬기로운 작가 생활' 프로그램 공고를 봤다. 마음씨 좋은 조상이 내 머릿속을 봤나 싶었다. 나에게 맞춘 기획물이라는 느낌이 유성처럼 뇌리에 꽂혔다. 글을 쓰는 것을 좋아했으나 전문적으로 글 쓰는 법을 배워본 경험이 없으니 반가운 일이었다. 이제야 글쓰기 공부를 한다는 것에 감사한 마음이 들었다.

온라인으로 강좌가 개설되는 시간에 맞춰 컴퓨터 앞에 앉았다. 실시간 접속을 위해 PC방에 갈까도 생각했다. 대학생 아들이 수강 신청을 할 때 실패했던 경험을 들었기에 초침까지 보면서 프로그램이 열리는 시간을 기다렸다. 실시간을 다투는 티켓 구매처럼 수강 신청을 했다. 성공이었다. 그런데 기쁨도 잠시, 며칠이 지나도 수강 신청 인원에 변화가 없었다. 이제는 폐강을 걱정하는 신세가 되었다. 다행히 도서관 사서까지 참여하여, 프로그램은 예정대로 개설되었다. 나도 이제 작가 생활을 꿈꾸는 수강생이 되었다.

"문학은 균열을 보여 주는 일이다."

강사는 대학에서 강의하는 시인이자 평론가라고 했다. 강의 목적과 일정을 소개한 후, 글을 쓰는 이의 마음가짐과 좋은 글을 쓰는 방법에 대한 안내가 있었다. 강의를 들으며 그동안 글을 썼던 나의 문제점이 적나라하게 드러났다. 3년 전 자비 소설을 출간한 뒤 베스트 셀러가 되는 환상에 젖은 적이 있었다. 어떤 누구도 출간해 줄 수준이 되지 않아 자비 출판한 것인데, 세상 물정 모르고 내 소설이 특별한 줄 알았다. 나에게 특별한 것은 세인의 관심을 끌 수가 없었다. 소설을 통해 교훈을 전하려는 지나친 설명이 문학 작품으로 적합하지 않았음을 깨우쳤다. 그래서 나는 소설을 쓰기에 적합한 인간이 아니라고 자조하고 있었다.

강사의 뼈를 때리는 말은 계속되었다. 그중에 "문학은 균열을 보여 주는 것."이라는 작가의 말이 마음 깊은 곳에 닿았다. 작가는 어딘가 있는 균열을 독자에게 보여 주면 되는 것인데, 나는 소설을 통해 뭔가를 가르치려는 의도가 작품의 기저에 깔려 있었기에, 화자의 말속에 구구절절 사족의 감정 덩어리가 덕지덕지 붙어 있었다. 강의 내용에 빨려 들어가는 나와는 달리 고개를 갸우뚱하는 수강생의 모습도 보였다.

"균열이라는 것이 와닿지 않아요. 일상에서 접하는 균열의 예를 들어 주실 수 있을까요?"

다소 냉소적인 수강생의 질문에 강사는 아주 친절하게 답변을 이어갔다. 강사의 답을 들으면서 나도 나름의 대답을 해보았다.

"균열이란 마음에 금이 가는 일. 마음 깨짐을 보여 주면 되는 것." 그렇게 혼잣말로 답변했다. 그리고 얼마 전에 경험한 내 마음의 균열을 생각했다.

아내가 직장에서 새로운 부서로 옮겨 일하게 되었다. 그래서 나는 아내 직장에 떡을 배달했다. 떡집에서 바로 나온 뜨근뜨근한 떡을 내가 직접 배달하니, 정성이 담겨서인지 맛이 좋았다고 한다. 아내가 스마트폰으로 감동이라는 문자와 이모티콘을 보내 주었다. 그리고 하루가 지난 다음 날 아침에 아내가 큰소리를 쳤다.

"자기야, 떡을 이렇게 뭉쳐 놓으면 어떻게 해?" 나는 배달하

▼ 균열

고 남은 가래떡을 이후에 구워 먹으려고 냉동실에 놓았다. 떡을 빨리 배달하려는 일념으로, 아내의 직장으로 배달하기 전에 집에 들러 가래떡을 한 뭉치 그대로 냉동실에 넣어 놓은 것이다. 아내의 훈시는 계속 이어졌다.

"가정을 배우지 않아서 그래." 마음에 실금이 갔다. '가정을 배우지 않은 것을 어쩌란 말인가, 기술을 배운 나는 그럼 어쩌란 말이냐….' 고맙다던 문자 메시지가 무색하게 느껴졌다. 나는 아내의 말을 묵묵히 들으면서 내가 저지른 만행(?)을 해결했다. 온 힘을 다해 사이좋게 뭉쳐 있던 떡을 떼어 내고, 낱개로 포장해서 다시 냉장고에 넣었다.

지금은 입이 심심하고 출출할 때 하나씩 따끈하게 데워 아내와 온정을 나누고 있다. 입을 오물오물하면서 혼잣말로 한마디 한다.

"인생의 실금이 뭔 대수인가?"

4부

작가(作家)를 꿈꾸며…

1

심결

《심결》. 나의 첫 문학 작품이자 지금 작가라는 꿈을 꾸게 해 준 소설이다. 특목고에서 7년 근무를 하고 일반고로 옮겨 3학년 담임을 하고 겨울방학에 초고를 완성한 작품이다. 새로운 환경에서 좋은 학생들을 만나 열심히 달려왔지만 허전함이 밀려왔던 그때, 앞으로 어떻게 살아갈지에 대한 고민을 담은 소설이다. 지금 생각해 보면 글의 수준이 형편없어 창피하지만, 소설 《심결》이 있었기에 이후 작품이 가능했다. 나의 아픈 손가락이고 그래서 가장 애정이 가는 작품이다.

《심결》은 할 이야기가 많은 작품이다. 소설이지만 내 생각과 일상이 가장 많이 묻어 있다. 지인이 읽으면 어디까지가 소설이고 무엇이 진실일까 분간하기 어렵다고 말한다. 나를 선생으로 생각하는 제자는 가슴이 아파서 글을 읽기가 어려웠다고 하며 주인공의 후속작을 꼭 써달라고 했다. 나의 형수는 왜 우리 가족을 구질구질하게 써놨느냐고 했다. 나의 영원한 스승이신 어머니께 헌정하는 작품이었고, 나의 교육 동지 윤영선 선생님과 나누고 싶은 이야기였다.

내가 이 소설을 쓰게 된 동기는 그간의 교사로 살아 온 삶을 돌아보고 새로운 길을 열어보고 싶었다. 학교라는 공간에서 소중한 사람들을 그려보고 싶었다. 제자들과 세상에 던진 말들을 스스로 주워 담으며 그 의미를 곱씹고 싶었다. '인생이란 무엇인가?' '어떻게 살아야 할까?' '가치 있는 삶이란 어떤 것일까?' 등 학창 시절부터 품었던 질문에 하나씩 답을 하고 싶었다. "인생은 일인칭 주인공 시점의 소설이다."라는 고등학교 때의 생각을, 교사가 되어 풀어보고 싶었다. 세상에 '나'라는 존재는 하나이기에 세상에 없는 소설을 한편 써보고 싶었다.

많은 이야기를 남겼고 언젠가는 낡은 졸업앨범을 꺼내듯 다시 음미할 시간이 있을 것이다. 《심결》을 《82년생 김지영》처럼 영화로 만들고 싶어서 영화사에 편지를 쓰기도 했다. 미완의 《심결》은 아직도 이어지고 있고 내일도 계속 달릴 것이다.

처음《심결》을 쓸 때의 마음을 아래에 고스란히 옮기며, 이후 한 걸음 더 나아간 마음의 고백서를 다시 쓸 것임을 다짐한다.

교사가 되고 싶어서, 교사를 하고 있다. 내 자식이 귀하듯, 학생들을 귀히 여기고 그들의 행복에 관심을 가져야 한다고 되뇐다. 출구 찾기 쉽지 않은 세상에, 교육이 작은 숨통이 되길 바랐다.

"교육은 감동이다. 감동이 세상을 변화시킨다. 감동은 삶의 자세에서 비롯된다." 그렇게 떠벌리다 보니 어느새 여기까지 왔다. 그런데 이제야 알게 된다. 학생들과 세상에 던진 말들이 결국은 모두 나에게 하는 말이었고, 정작 나는 내가 했던 말과 거리가 있음을 깨닫는다. 아직은 학교에서 할 일이 있다. 이른 아침에 등교하는 것이 좋다. 차 안에서 오늘 만나야 할 아이들을 떠올린다. 학년 복도를 비추는 등을 켠다. 아이들이 어두운 길을 걷게 하고 싶지 않아서. 교무실 창을 열고 커피를 내린다. 오늘 나누고 싶은 행복 소식을 학년 게시판에 쓰고 복도 창과 바닥을 살핀다. 거의 매일같이 반복되는 아침 일상이다. 고교 시절 내가 가장 좋아했던 인간 시계 칸트의 삶이 어느새 내 삶 깊숙이 들어와 있다. 그렇게 나는 하루를 열어 세상을 만나

▲ 《심결》

고 있다.

"네 의지의 준칙이 항상 동시에 보편적 입법의 원리에 타당하도록 행위하라."는 윤리 법칙주의자의 말을 떠올리며 판단할 때가 있다. 나는 학교 가는 것이 즐겁다. 학교에서 만나는 학생들과의 교감 그리고 수업 시간이 행복하다. 다행히 아직까지는 아이들이 나를 그리 싫어하는 것 같지는 않다. 그래서 나는 아이들의 옆에서 인생과 윤리를 나누고 있다. 아이들에게 가르칠 것이 없는데 가르치려 하는 꼰대처럼 스스로 느껴진다면, 뒷모습도 보이지 않고 사라질 것이다. 다시 태어나서 직업을 선택한다고 해도 나는 선생, 그것도 윤리 선생을 할 것이다. 지금의 삶이 버겁더라도 나는 기꺼이 그 길을 가고 싶다.

"살아보자, 살아내자. 그렇게 가는 게 인생이다." 내가 아이들에게 그렇게 말했는데, 내가 그리 살고 있는지는 자신 없다. 부끄럽다. 살아갈수록 자신감과 자존감은 떨어진다. 나는 아이들에게 "자신의 이야기에 귀 기울이고, 자신과 대화를 하며 자신을 지지해 줘라." 말하면서도, 그 말을 나에게 건네지 못하고 있다. 일상과 관행에서 탈피하는 것이 철학이라고 끊임없이 질문을 던지라고 학생들에게 주문하는데, 이 또한 나에게 하는 말이다.

학교 현장에서 일상과 철학이 만나는 1년을 그려보고 싶었다. 눈 내리는 1월 1일 새벽부터, 한 해를 정리하며 또 다른 길을 선택해야 하는 시점까지 그려보고자 했다. 내가 가는 길이 뒤에 오는 이의 이정표가 될 수 있을지 고민해 봤다.

'투박한 글발, 경험 없는 서툶, 소심한 심성'이 나를 가두려 했으나, 내 생각을 존중해 준 동료, 용기를 준 제자, 사랑하는 가족이 있기에 소설이라는 형식으로 세상과 만난다. 소설이라는 것을 세상에 내놓고 다시 소설 속의 나로 돌아가 본다. 소설 같은 인생, 인생 같은 소설. 나는 오늘도 마음의 결을 따라 걷는다.

2

자기소개서의 정석

2020년 초에 3학년 부장 교사로서 학생들과 달려갈 1년을 구상하고 있었다. 그때 코로나19의 출현으로 세상은 알 수 없는 미궁 속으로 빠져들었다. 경험해 보지 못한 일이고 출구를 예측하기 어려운 상황이었다. 그렇지만 팬데믹 상황이 그렇게 오랫동안 학교를 재울 것이라고는 생각하지 않았다. 하루가 다르게 확산되는 코로나19로 대한민국이 대혼란으로 빠져들 때 눈앞에 등장한 영웅 같은 존재가 의료인이었다. 대구를 중심으로 전쟁터 같은 위기 상황에서 헌신하는 간호사의 사투를 보면서 나도 무엇인가 해야 한다는 의무감이 생겼다. 의료 봉사를 할 수 없고 거액을 기부할 만큼의 재력도 없었기에 내 자리에서 할 수 있는 일을 생각하게 되었다.

3학년 학생들의 등교는 3월 중순을 넘어섰고 5월이 되어서야 수험생을 교실에서 맞을 수 있었다. 학생을 기다리던 두 달 정도에 쓴 책이 《현직 교사가 알려주는 대입 자소서의 정석》이다. 어차피 올해 내가 해야 할 일이기에 미리 자소서를 지도하는 생각에서 글을 썼다. 책에서 대입 수시 학생부종합전형에서 위력을 발휘하는 자소서를 어떻게 쓰고 지도할 것인가, 그 고민을 담아 내려 했다. 이론보다 실천적 영역이 중요한 자소서이기에 그동안 지도했던 자소서를 모두 모았다. 매년 많은 자소서를 접했기에 모아 보니 제법 분량이 나왔다. 다음은 이런 자료를 출간해도 되는지 저작자의 정보 동의를 구하는 일이 생겼다. 한 명 한 명 제자와 통화하는 일은 기쁨이었다. "이미 저작권은 선생님께 있으니 마음껏 활용하세요." 대부분 흔쾌하게 나의 제안을 허락했다. 다시 여기에 고맙다는 말을 남긴다. 그런 마음이 있는 녀석들이니 대학교가 너희를 뽑았을 것이다.

자소서의 생명은 '자기'가 있어야 하기에 자신만의 차별화된 자기소개서를 어떻게 쓸 것인가 생각했다. 대입을 준비하는 수험생과 학부모에게는 합격의 도구를 제공하고, 미래의

▲ 《자기소개서의 정석》

수험생들에게는 성공적인 고교 생활을 구상하는 데 도움이 되면 좋겠다는 생각이었다. 아울러 교육 현장에서 자기소개서 쓰기를 지도하는 교사에게는 대입 합격의 지침이 되는 책을 만들고 싶었다.

정성을 다했더니 시장의 반응은 좋았다. 그동안 출간된 자소서의 과대광고 같은 내용과는 다르게 평가되면서 자소서 시장의 강자로 등장했다. 아마도 현장에서 이 책을 구매해 준 교육 동료의 힘이 컸을 것이다. 수험생을 둔 지인에게 선물하면서 좋은 자소서로 합격했다는 인사말을 나중에 듣는 기쁨도 컸다.

그렇게 1년을 지나 자소서 양식이 변경되어 개정판을 만들어야 하는 상황에 직면했다. 2022학년도 대학입시부터 변경된 자소서 개정 사항을 빠르고 완벽하게 반영하기 위해 작업을 시작했다. 새롭게 바뀐 자소서 양식에 맞추어 완벽하게 대비할 수 있도록 대입 자소서의 이론과 실제 및 사례까지 충실히 담은 개정판을 출간했다. 책 제목은 거의 같으나 두 권의 책을 출간한 셈이다. 이전 책에 비해 학생이 작성한 자소서를 교사가 어떻게 지도하는지, 평범한 자소서가 합격의 자소서로 탈바꿈하는 과정을 구체적으로 제시하였다.

대입 제도와 자소서 양식의 변경은 수험생을 곤혹스럽게 했다. 위기를 기회로, 당혹감을 성취감으로 바꿀 수 있는 자소서 작성의 이론과 실제를 담았다. 일선 현장에서 귀한 학생들의 자소서를 지도한 구체적인 전략과 열정을 실었다.

이 책은 코로나19의 창궐이 출간의 계기가 되었다. 그동안 자소서 작성을 직접 지도한 교사의 혼을 담았다. 이론적으로 자소서를 논하고 접근했던 기존의 저자들과 다른, 입시전쟁터에서 사투를 벌인 교사의 투혼을 담았다. 자소서를 지도하면서 한 명 한 명 학생의 행복과 미래를 고민하면서 지도한 사례들이다. 지금은 대입 전형에서 사라진 자기소개서지만, 여전히 자소서는 교육적 의미가 있다고 생각한다. 어느 날 다시 자소서의 부활이 오지 않더라도 자소서 속에 등장한 제자들의 꿈이 현실에서 실현되고 행복한 인생을 펼쳐가길 소망한다.

3
불온한 사람들

2020년 12월 말에 3학년 학생이 확진되어 3학년 부장 교사로 2주간 자가 격리를 당했다. 그때 교사의 잘못된 가치관이 바이러스가 되고 학생이라는 숙주를 통해 변이·변종되어, 각종 병리 현상과 사회 문제에 원인이 될 수도 있겠다고 착상했다. 우리 사회가 안고 있는 문제들을 생각했다. 세상 만물은 본래의 쓰임과 기능이 있는데, 그것들이 올바로 작동하고 있는지 돌아보았다. 물리적으로 닫힌 공간에서 주변의 교사들과 인간사를 떠올렸다.

24세, 36세, 44세, 55세 교사의 일화를 통해 현재 한국 사회가 안고 있는 문제를 교사의 사고방식과 연결해 가며 인생을 성찰해 보았다. 개인주의자의 외면적 가치 추구와 성 소수자에 대한 편견, 황금만능주의자의 경제관과 성 의식, 가족 이기주의자의 자녀 교육과 가사 독박, 교조주의자의 종교적 독선과 승진 문제를 다뤄 보고 싶었다.

인생에는 때가 있다고 생각한다. 20대에는 봄바람과 같은 삶의 희망을 노래하고, 30대에는 여름 햇살과 같은 열정과 성공을 욕망한다. 40대에는 가을 그림자와 같은 허상을 따라가기도 하고, 50대에는 겨울 땅과 같은 인생의 시련과 고난도 맞이한다. 그렇게 인생은 변하고 돌아간다. 그 시기와 정도의 차이가 있을 뿐, 대부분의 사람들은 일상처럼 경험하고 견뎌내며 살아가고 있다. 그런데 지금 우리 시대는 그것들조차 왜곡 변질되고 가능성과 꿈을 잃어가고 있다. 그래서 《불온한 사람들》이라는 이름으로, 주변에서 만나고 있는 4명의 교사를 소환했다. 단편처럼 구성되어 있으나 네 편의 이야기가 모두 연결되어 있듯, 삶은 무수히 많은 인연의 사슬 속에 놓여 있으며 상호 영향을 받고 변화 발전한다.

학교는 인간 군상의 집합소다. 20대 결혼, 30대 성공, 40대 자녀 교육, 50대 제2의 인생 설계라는 단계별로 제시해 본 과제를 안고 살아가고 그 길에서 선생을 만나게 된다. 그러나 교

▲ 《불온한 사람들》

사라는 직종에 있는 사람들을 모두 선생이라 불러 줘야 할까? 우리의 미래와 한국 사회를 이들의 손에 맡길 수 있는지 독자에게 묻고 싶었다. 비대면 시대에 마주하고 싶지 않은 사람들과의 결별을 고하고 싶었다.

교직 30년을 넘어섰다. 일일이 거명할 수 없는 많은 고마운 분들을 만났다. 별처럼 밤하늘에서 빛나는 나의 제자들. 그날들을 기억하고 나눠가며 다시 선생님이라 불러 줘서 삶을 본다. 곤한 잠에 빠진 어린아이처럼 세상모르고 본연의 가르침을 이어가고 있는 교육 현장의 좋은 선생님들, 특별히 아이들과 가족의 마음에 소중히 자리 잡고 계신 윤영선 선생님을 기억한다. 내가 글을 쓰는 이유 중의 하나는 좋은 선생님을 세상에서 떠나보내지 않고 우리들이 영원히 기억하기 위해서다.

4

슬기로운 고교 생활

교사 생활을 하면서 가진 소박한 바람이 있다. 지금 내가 걷는 길이 뒤에 오는 이의 작은 이정표가 되어 후세의 시행착오를 줄이는 데 도움이 되길 소망한다. 교육의 사명과 교사의 역할이 있다고 생각한다. 탈출구 없는 세상에 교육이 이 시대의 작은 촛불이길 희망한다. 그렇지만 정작 교육은 시대와 세상은 고사하고, 본래의 기능대로 제대로 작동하고 있는지 의문이 생길 때가 많다.

4차 산업혁명 시대와 교육 정책의 전환기에 학생은 자신의 진로를 어떻게 열어갈지 고민이 많아진다. 열심히 공부만 한다고 해서 좋은 대학으로 직행하는 것 같지도 않다. 공부를 잘

해도 행복하게 잘 살 수 있는지도 모른다. 거기에 복잡한 입시제도와 부모의 기대는 학생의 어깨를 무겁게 한다. 학부모의 고민도 깊어진다. 자녀에게 뭔가 해주고 싶은데 어떻게 해야 하는지 방법을 찾기가 어렵다. 학교를 찾아가는 것도 발걸음이 내키지 않고 우후죽순으로 넘쳐나는 사교육 기관과 컨설팅의 유혹도 뿌리치자니 뭔가 불안하다. 결국 학생과 학부모는 누군가의 도움이 필요하니 신뢰할 수 있는 상담을 해야 하는데, 어디서 어떤 도움을 받을 수 있는지도 모르는 가운데 무언가를 계속 결정해야 한다. 이 지점에서 책을 출간하기로

▼ 《슬기로운 고교생활》

마음을 먹었다. 자녀의 고교 진학과 함께 너무나 다른 세상에서 당황하고 방황하는 학부모에게 정확한 정보를 제공해 주고 싶었다.

고교 학부모의 최대 관심사는 자녀의 대학 진학일 것이다. 너무나 많은 대입 정보가 난무하여 학부모의 혼란과 불안은 가중된다. 교육 기관, 학원, 컨설팅 회사, 개인 사업자에 유튜버까지 저마다 대단한 합격 비밀의 열쇠를 쥐고 있는 것처럼 교육 소비자를 현혹한다. 식자우환(識字憂患)이라는 말처럼 입시의 과한 지식과 정보는 오히려 독이 될 가능성이 있다. 정보 공급자의 상술에 지갑을 열고, 시간이 지나고 나서야 별것이 아니었음을 알게 된다. 이 책은 학부모가 중심을 잡고 성공적인 고교 생활과 대학 입시 전략을 세울 수 있는 안목을 갖추도록 돕기 위해서 집필했다.

고교 생활을 친절하게 안내하고 입시에서 기본이 되는 사항을 정확하게 짚어 보았다. 1장에서는 고등학교 학년별 학부모가 궁금해하는 질문을 선별하고 핵심을 파악하여 답변했다. 2장에서는 예비 고교생과 학부모가 고교생의 하루를 미리 볼 수 있도록 학교생활을 상세하게 묘사했다. 3장에서는 대입 정책과 입시 정보를 학부모가 주체적으로 해석할 수 있도록 그동안 학교 현장에서 열과 성을 다한 필자의 입시 지도 경험과 합격 전략을 제시했다. 4장에서는 고교 교육과정과 대학 학과를 이해하고 주도적으로 진로를 개척하는 방법을 안내했다. 5장에서는 고등학교를 졸업한 선배의 생생한 성공 사례를 제공하여 학생들이 학교생활을 구상하고 경쟁력 있는 인재로 성장할 수 있는 팁을 제공했다.

이 책을 통해 학생과 학부모, 교사 모두 고교 생활과 대입 성공의 비결을 찾아, 저마다의 목표를 이루며 행복 가득한 삶을 펼치길 기원한다. 다행히 주변에서 고교 생활에 많은 도움이 된다는 소식을 듣고 있고, 덩달아 외부에서 학부모 교육이나 입시설명회 강사로 불러 주는 일이 늘고 있다.

5

슬기로운 중학교 생활

우리 사회는 미래의 주인공인 청소년을 그렇게 존중하는 것 같지 않다. 공부하는 기계로, 돈벌이의 대상으로 전락해도 심각성을 인식하고 있는 어른도 적다. 내 아이만 잘되면 그만이고 자녀의 성공이 부모의 노고와 자랑거리로 삼는 세상이 우리나라 한복판에 존재하는 것 같다. 세상은 급변하고 아이들이 필요로 하는 것은 많아지는데 우리 사회와 기성세대는 구태에 얽매여 구습을 답습하고 있는 듯하다. 나 또한 그중의 한 사람은 아닌지 반성한다.

중학교와 고등학교에서 학생을 가르치고 하루가 다르게 일을 만들어 내는 아이들을 대하다 보면 주변을 돌아볼 겨를 없이 하루를 보내고, 1년을 마감한다. 내 자녀는 대학 진학을 했으나 어떻게 그 과정을 헤쳐 나갔는지 잘 알지 못한다. 주변에서 자녀 교육의 방법을 물어도 특별히 알려줄 비법은 없다. 학부모 상담을 해도 일반적인 이야기를 하게 된다. 교사로서 지금 맡은 일에 최선을 다하려는 자세가, 오히려 교육 현실과 학부모의 기대를 지나치게 둔감하게 만든 것은 아닌지 돌아본다.

'식자우환'이라는 말이 있듯이, 교육과 입시를 아는 만큼 근심도 덩달아 커진다. 걱정을 해소하려니 또 다른 정보를 찾게 되고, 결국 아는 것이 병이 되는 지경에 이르기도 한다. 그리고 그 병은 가정의 불화와 사회의 바이러스가 되어 사라지지 않는 질환이 된다. 전국에 유명한 입시전문가나 컨설턴트의 자녀라고 명문대를 다니는 것은 아니다. 입시 정보가 좋은 대학으로 직결되는 것은 아니라는 말이다. 결국은 자녀가 해낼 일이고 학교의 책무성이 강화되어야 할 문제다. 이제 교육의 중심을 학교와 학생에게로 돌려주길 바란다. 교육의 본질과 기본을 생각하자.

이 책은 《슬기로운 고교 생활》의 후속편이다. 자녀가 중학교에서 고등학교로 진학하는 시기에 학부모의 걱정을 덜어 주기 위해 쓴 책이었다. 학부모가 교육의 당당한 주체로서 자녀의 고교 생활과 대입에서 중심을 잡기를 바라는 마음이었다. 나름의 성과와 격려를 받고 슬기로운 중학교 생활을 기획했다. 중학교에서 교무부장·연구부장·1학년 부장을 하면서 중학생을 지도했던 아내와, 고등학교에서 교무부장·입학홍보부장·3학년 부장을 하면서 특목고 입시와 대입을 담당했던 내

▼ 《슬기로운 중학교 생활》

가 지혜를 모았다. 초등학교 고학년과 중학생 그리고 이들의 학부모가 중학교 생활을 이해하고 고등학교를 선택하는 데 도움을 주고자 했다.

1장에서는 초등학생을 위해 중학교 입학 전에 준비하면 좋을 것들을 적었다. 중학생이 되면 달라지는 것과 학습관리, 생활 습관 들이기 그리고 청소년기 중학생의 특성을 알아보았다. 2장에서는 중학교 교육과정을 통해 중학교 생활의 전반적인 모습을 살펴보았다. 학교 규정과 자유학년제의 실제 운영 사례를 알아보았고 학생부 관리와 고교학점제를 설명하였다. 3장에서는 중학생이 되어 교과 공부를 어떻게 해야 하는지 알아보았다. 국어·수학·영어·사회·과학 교과의 교육 목적과 중학교 내용 체계 그리고 구체적인 학습 방법을 제시하였다. 4장에서는 고등학교의 유형과 학교를 선택할 때 고려할 사항을 알아보았다. 일반고·특성화고·마이스터고·국제고·외국어고·영재고·과학고·자율형사립고의 분포 상황과 특성을 구체적으로 설명하였다. 5장에서는 특목고 선발 전형의 특징과 합격의 요건을 알아보았다. 자기주도학습 전형에서 요구하는 자기소개서와 면접을 어떻게 대비할 것인지 제시하여 특목고를 준비하는 수험생들에게 실질적인 도움이 되도록 내용을 구성하였다.

카르페 디엠(carpe diem)! 현재를 잡아라(Seize the day)! 고등학교와 대학교 입시라는 미래에 저당 잡혀 중학교 생활의 즐거움을 포기하고 사는 학생들을 생각한다. 우리 학생들이 자신의 인생을 즐기고 오늘에 충실하길 소망한다. 우리 사회가 행복할 권리를 지닌 중학생들에게 이 순간의 의미와 소중함을 일깨워 주고 그들의 발걸음에 지지와 격려의 시선을 돌리길 부탁한다. 부디 《슬기로운 중학교 생활》이 이들의 걸음에 걸림돌이 아니라 굳건한 디딤돌이 되길 간절히 소망한다.

6

합격으로 가는 대입 면접

‘화룡점정(畵龍點睛)’이라는 말이 있다. 화가가 용을 그린 뒤 마지막에 눈동자를 그려 넣었더니 그 용이 구름을 타고 하늘로 올라갔다는 고사에서 나온 말이다. 무슨 일을 할 때 가장 중요한 부분을 완성하는 것을 이르는 용어다. 대학입시에서 면접이 바로 그런 것이 아닌가 싶다. 대입 합격의 마지막 관문을 통과하는 데 면접이 있기 때문이다.

대입에서 수시가 70% 정도이고 대학에 제출하는 서류가 간소화되면서 면접이 더욱 중요해지고 있다. 그렇지만 수험생들이 자기 주도적으로 면접 고사를 대비할 방법을 찾지 못하고 있으며, 면접 준비가 부족한 상태에서 고사장으로 들어서는 것이 입시 현실이다. 거기에 수험생의 애타는 심정에 편승하여 면접 시즌이 되면 경제적 이익만을 노리는 집단과 개인들이 단기적으로 설치는 안타까운 현상도 여전하다.

내가 면접 책을 쓴 이유는 아주 간단하다. 면접을 다루고 있는 엉터리 책이 너무 많기 때문이다. 시중에 나와 있는 면접 책의 문제는 ① 과거의 면접고사 이야기, ② 이론을 위한 이론으로 면접장에서 쓸모가 없는 정보, ③ 면접 학원이나 컨설팅을 선전하는 목적의 안내서, ④ 불필요한 전략으로 말문을 막아버리는 지침, ⑤ 특정 영역이나 내용을 과대 포장한 허위 정보 등 다양하다.

대동여지도를 그렸던 김정호를 생각해 봤다. 그는 당시 잘못된 지도 때문에 어려움을 겪은 이야기를 들으면서 제대로 된 지도를 만들기로 결심했다고 한다. 수많은 자료를 찾아보고 기존의 정보를 종합적으로 정리해 가며 현장에서 확인하고 시행착오를 거듭한 끝에 마침내 정확한 지도를 완성한다. "길 위에는 신분도 없고 귀천도 없고 다만 길을 가는 자만이 있을 뿐"이라는 영화 '고산자, 대동여지도' 속 김정호의 대사처럼, 이 책이 대학합격의 길을 걷는 모든 수험생에게 좋은 지침서가 되길 소망한다.

▲ 《합격으로 가는 대입 면접》

면접고사에 응시한 학생이 합격하기를 바라는 간절한 마음으로 책을 구상했고 내용에 관해서는 이성적으로 접근했다. 나는 특목고 입학사정관으로서 학생을 선발했었고 전국 고교와 대학교 입학사정관을 연수하고 특강을 진행한 경험이 있다. 교직 생활의 상당 부분을 대입 지도에 헌신했다. 면접을 지도하는 교사가 입시 전략을 수립하는 데 도움이 되는 정보를 공유하려 했다. 면접고사를 준비하는 학생에게 실질적인 도움이 되는 모든 내용을 담으려 했다. 면접장으로 향하는 자녀를 웃음으로 격려하고 지지하는 부모의 마음을 헤아리며 책 내용을 구성했다.

1장은 면접의 의미, 면접의 유형과 평가, 면접의 준비 전략과 기출 문항 및 점검 사항 등 면접의 이론을 다뤘다. 2장은 면접을 준비하는 학생과 면접을 지도하는 교사가 궁금증을 갖는 문제를 정확하게 안내하여 합격에 이르는 전략을 제시했다. 3장은 대학의 면접 전형 방법으로 서류 평가와 면접 평가 요소, 면접의 형식과 내용, 면접 대비 방법을 다뤄 학생이 대학별로 맞춤식 면접 전략을 수립하는 데 도움이 되는 내용을 제공했다.

헤겔은 "이성적인 것은 현실적인 것이고, 현실적인 것은 이성적인 것이다."라고 했다. 그간 학생을 지도했던 경험과 면접고사 관련 정보를 변증법적으로 종합하는 이성적인 작업을 진행하여 책을 썼다. 그래서 이 책이 면접장으로 향하는 학생들에게 현실적인 도움이 될 것이라고 믿는다.

7

명륜고 MBTI 상담실

2022년 4월에 관내 중학교에 수업 지원을 나갔던 것이 이 글을 쓰는 출발점이 되었다. 고등학교에서 수능과 대입 업무를 주로 하다가 해맑은 소녀들과의 수업은 내 영혼을 맑게 했다. 즐겁게 수업을 마치고 나오는데 한 학생이 질문한다.

“선생님 MBTI는 뭐예요?”

“할 때마다 달라요. 지금은 ENFJ?” 적당히 얼버무렸다. 그게 시작이었다. 대학 때 해봤던 MBTI, 연애할 때 봤던 MBTI, 신규 교사 시절의 MBTI, 교직원 연수에서 봤던 MBTI…. 몇 번 해봤지만, 그때마다 검사 결과는 달랐고 글을 마치고 내 성격 유형은 또 변했다. 인간을 특정한 유형으로 규정하는 것은 불가능하다며 우리 사회의 MBTI 열풍을 달갑지 않게 생각했다. 성격 유형보다는 “너답게 살아라.” “네 안에 있는 너를 찾아라.” “자신의 꿈을 찾아 도전하라.” 등 자기다움을 강조하고 자아 정체성을 확립하는 것이 중요하다고 생각했었다.

소설을 쓰겠다고 마음먹었으나 글이 잘 써지지 않았다. 몸도 마음도 정상이 아니었고 어머니의 병환으로 시름이 생겨 생각을 펼치기 어려웠다. 그동안 구상했던 거친 그림을 뒤로 하고 우선 프롤로그를 먼저 완성하겠다고 마음먹었다. 소설을 마칠 때까지 어머니께서 나를 지켜주시고, 완성한 소설을 어머님께 헌정하고 싶은 간절한 바람이 있었다. 인간의 욕심은 순리를 거스를 수 없었다. 프롤로그를 완성하고 몇 시간이 지난 후 어머니의 소천 소식을 통보받았다. 금방 달려가고 싶었지만 나는 코로나 확진 상태였다. 방에서 홀로 프롤로그를 읽으며 수없이 눈물을 삼켰다. 어머니와의 작별 전에 프롤로그를 쓴 것이 이 소설을 완성하게 하는 동력이 되었다. 중도에 그만두지 말고 가던 길 열심히 가라고 어머니께서 세상을 떠나시며 주신 사랑이라고 생각했다. 당시 썼던 프롤로그를 있는 그대로 아래에 옮기려 한다. 그때 내 엄마를 그리워했던 기억을 간직하고 싶어서다.

〈프롤로그〉… 2022년 말 나는 무진 아팠다. 근 두 달여간 어머니는 응급실과 중환자실을 오갔고 지금은 중환자실에서 긴 잠을 주무시고 계시다. 이제는 어머니의 상태를 수용하게 되었지만, 거기에 이르기까지 마음의 우여곡절은 펴지지 않는다.

지난해 11월 초 어머니 점심을 사드리러 수원에 갔다. 어머니께 출간한 책을 드리고 책값으로 2만 원을 받았다. 소머리국밥을 먹으러 갔으나 국밥을 뜨시는 엄마의 손이 예전과 같지 않았다. 코로나 이후 기력이 떨어진 정도로만 알았다. 그 힘은 엄마가 내게 준 짜낸 사랑의 선물이었다. 그날 이후 집에서 다시 엄마의 목소리를 들을 수 없었다. 당수치의 급격한 변화와 이름 모를 이유로 몇 번의 병원을 옮기셨고 상태는 호전되지 않았다. 가족의 바람과는 달리 어머니는 하루가 다르게 의식을 놓아 가셨고 이제는 의료기기의 도움으로 중환자실에서 외롭게 세밑을 보내고 계시다.

12월 크리스마스 이후 내 몸 상태도 별로 좋지 않았다. 기분 탓으로 생각하고 컨디션을 회복한다고 홀로 산행하고 돌아오니 밤에 오한이 들고 열이 올랐다. 아내의 신신당부로 병원을 찾았더니 코로나가 찾아온 것이었다. 아, 이후 연말의 일정은 모두 허공으로 흩어졌다. 어머니 면회, 지인과의 약속, 출판사 미팅과 집필 계획이 모두 날아갔다. 그게 다가 아니었다. 처방약을 먹었으나 목이 타들어 가고 갈라지는 고통이 상상 이상이었다. 침을 삼키기 어려웠고 물을 넘기는 것을 엄두도 내지 못할 만큼 아파서 잠을 잘 수가 없었다. 다 그렇게 아프고 겪어내는 고통이려니 했으나 좀처럼 차도가 없고 정도가 심해졌다. 육체적 고통과 정신적 아픔이 가해지면서 힘든 시간을 받아들이는 것 이외에 별 수를 내지 못했다.

쉼도 생산이다. 쉬는 법을 배우지 못하고 달려온 인생 같았다. 몸이 안 좋을 때 병원 갔더라면 화를 키우지는 않았을 것이다. 나이 든다고 감기가 날 얕잡아 보는 줄 알고 떨쳐 버리려고 산행한 것이 몸에 독이 되었다. 나는 초등학교 3학년 이후로 한 번도 감기에 걸려 본 적이 없다. 그게 뭔 대단한 자산인 양 떠벌이던 시절이 있었다. 이제는 세월에 장사 없다는 것도 알고 내 몸이 많이 약해졌음도 인정하고 산다.

내 고향 '인리(仁里)'는 70년대 중반에야 전기가 들어올 만큼 시골이었고 교통수단이 없어서 읍내에 가려면 8km 정도를 걸어야 했다. 나는 초등학교 입학 전 겨울에 감기 증세가 왔고 어머니는 약을 사러 읍내 약국에 갔다. 그리고 엄마가 돌아올 때까지 절대 문밖으로 나와서는 안 된다는 말에 나는 방을 벗어나지 않았다. 문밖에 나가면 늑대가 잡아가는 동화를 알고 있었다. 약을 지어오신 어머니는 문구멍으로 밖을 내다보던 어린양 같던 나를 대견해 하셨다. 이미 나는 그렇게 고지식한 심성이었나 보다. 그리고 나는 초등학교 시절 공기 좋은 곳에서 잘 놀아서인지 코는 흘렸어도 감기라고는 모르고 살아왔다. 다른 병을 앓아본 적 없는 나름의 강단이 있었다. 버티고 견디는 재주는 있었다. 초등학교 3학년 이후 지금 교직까지 아파서 지각이나 결근을 해본 적은 없었다.

"소쩍새도 밤새 그리 목 놓아 울었을까?" 육체적 아픔으로는 특전사 시절 선임이 굳은 다리를 강제로 찢을 때가 최고인 줄 알았다. 허벅지가 온통 검붉은 포도색으로 변하고 한 걸음도 움직이기 어려웠다. 그래도 다리 굳을까 고함지르며 뛰라는 선임의 명령에 군기로 선착순 돌 듯 뛰었다. 닭백숙의 양다리 같았다. 그런데 육체적으로 가장 아팠던 나의 기억은 이제 바꿔야 한다. 나에게 온 코로나바이러스는 특전병보다 질긴 놈이다. 목을 태우고 갈라지게 만드는 힘은 다리를 찢는 것 그 이상이었다. 소쩍새가 무슨 사연으로 그리 고향 산천에 피를 토하며 울었을까 생각했다. 지금 나는 아프다는 말이라도 한다. 말조차 할 수 없는 아픔 속에 있는 분들이 더 많음을 안다.

자식이 아플 때 외면하는 부모가 어디 있겠는가? 맨발에 20리 동토를 걸으셨을 나의 어머니는 한밤중이다. 내가 아프다는 것도 모르고 주무셔서 나는 지금 슬프게 아프다. 철없는 자식의 마음이다.

오늘 저녁은 추어탕을 먹었다. 코로나가 선사한 홀로 먹는 추어탕이 맛이 난다. 며칠 음식을 제대로 먹지 못했고 아픈 목과 소화 기능 장애로 인한 복부 팽만에서 잠시 해방되는 순간의 음식이니 맛이 있었을 것이다. 추어탕을 먹다가 잠시 호흡한다. '추어탕을 먹으면서까지 엄마 생각을 해야 하나?' 어쩌다 한 번씩 밥을 사러 어머니를 뵈러 가서, 가장 많이 먹은 음식이 추어탕인 듯하다. 많이 드시겠다고 일부러 한 끼를 거르고 나를 기다리시다 드시고 싶은 것을 물으면, 추어탕이나 먹으러 가자 하신 적이 많았다. 국물까지 다 먹었다고 밑바닥을 보이기도 하셨고 얼마 남지 않는 것을 굳이 싸가시려 했다. 나는 남은 음식을 포장해서 가는 것이 싫으면 시작부터 엄마가 권하는 밥과 탕을 좀 더 받아 놓고 먹어야 했다. 엄마의 마음은 변함이 없다.

추수가 다 끝나고 논바닥이 다 마르면 물기가 있는 땅속에 미꾸라지가 산다. 한 삽 떠서 땅을 엎으면 제법 실한 미꾸라지가 꿈틀거린다. 흙과 함께 미꾸라지를 잡아 오면 어머니는 뒷마당 깊숙이 묻어둔 무를 꺼내서 매운 추어탕을 끓여 주시곤 했다. 어머니의 솜씨로 도삭면처럼 썰린 무와 고추장 국물은 맵고 시원한 것이 일품이었다. 그 방식은 아니어도 추어탕을 먹을 때면 어머니가 생각난다.

코로나 걸리기 바로 전 어머니 면회갔을 때다. 외삼촌이 오셔서 순번을 기다렸다가 중환자실에 들어갔다. 막내 외아들이라고 극진한 사랑을 받았던 외삼촌을 어머니는 누구보다 귀하게 생각하셨다. 그런 동생을 오랜만에 봤으니 기뻐셨을 것이다. 내가 들어가서 외삼촌이 오신 것을 아시는지 물었더니 고개를 움직이셨다. 어머니의 손과 발을 만지고 얼굴을 비비며 몇 마디 나눴다. 조금이라도 더 이야기를 나누고 싶어서 하실 말씀이 없는지 여쭈니 힘내서 말씀하셨다. "물!" 이후 엄마가 하신 모든 말씀은 "물 좀 주세요."라는 말뿐이었다. 논바닥이 갈라지는 가뭄보다 지독한 타는 갈증이 자식의 다른 대화보다 앞섰고, 존대하면 마음 여린 아들이 물을 가져올 것으로 생각하셨는가 보다. 눈에 맺히는 작은 습기 사이로 어머니의 눈을 보며 간호사에게 물을 두어 번 말했다. 간호사는 나와 시선을 맞추지 않고 친절한 음성으로 면회 마치면 알아서 준다고만 했다. 그리고 시간이 지났음을 알렸을 때, 나는 그냥 물 한 모금 마시는 어머니를 보지도 못하고 돌아섰다. 나는 애원하는 눈빛의 엄마에게 물 한 방울도 드리지 못했다.

2023년 계묘년이 밝았다. 내 몸과 마음 그리고 어머니의 상태는 더 나빠졌지만 그래도 새날은 왔다. 그리고 자판을 두드리며 하루를 흘렸다. 지금은 그렇게 아픈 2022년을 이렇게라도 보내서 다행이라 생각하고 있다. 아무렴 2023년은 기쁨의 눈물을 하염없이 흘리리라. 사랑하는 사람들과 함께 흐르는 눈물을 소매로 닦으며 그리 우는 날들이 오리라 믿는다. 이 글을 마칠 때까지 어머님께서 응원해 주시면 좋겠다. 이 또한 내리사랑을 받은 자식의 어린 생각일 것이다.

내가 첫 소설 《심결》을 썼을 때 주인공은 교사 '이연호'였다. 그 소설의 주인공 이연호는 나의 최고 스승이신 내 어머니의 함자다. 그때에도 어머님께서 건강이 좋지 않으셨고, 어머니께서 자식 잘 키우셨다는 것 보여드리고 싶어서 드리는 헌정의 마음이 담긴 첫 출간 책이었다.

지금부터 써 내려갈 소설의 주인공은 학생 '이미가'다. 전혀 다른 형식과 내용으로 구성했다. 그런데 글을 쓰는 마음과 가장 많이 생각하는 사람은 같다. 미가에게 마트료시카는 엄마다. 누구에게나 있는 엄마를 다시 소환했다. 기억하지 못하는 사람도 있고 차라리 잊는 것이 좋겠다며 천륜을 거부하는 자식도 있다. 그래도 엄마는 영원하다. 하늘의 뭇별처럼 그 자리에서 빛난다. 우리 시선에 들어올 때도 있고 사라지더라도 한결같이 거기서 움직이고 있다. 기쁨과 슬픔, 노여움과 즐거움, 미움과 욕망 그리고 사랑의 감정 속에 엉켜 있는 부정할 수 없는 존재 엄마를 불러본다. 미가의 성장 드라마가 아름다운 노래로 어머니와 독자를 찾아가길 소망하며 이런 말로 소설을 시작하려 한다.

"엄마 지금 글을 이렇게 시작하고 있어요."

글을 한 자 한 자 써 내려가며 어머니를 찾아가는 마음이 얼음덩어리되어 아픈 아들만을 생각하고 먼 길을 한 걸음 한 걸음 달려왔을 어머니의 마음에 닿기를 간절히 소망합니다.

어머니 사랑합니다. 곧 만나요.

유난히 추운 1월 2일 밤에

어머니만을 기다리던 어린 아들 올림

▲ 《명륜고 MBTI 상담실》

부디 이 소설이 누군가에게는 작은 위로가 되면 좋겠다. 소설의 주인공과 같은 이 땅의 학생들이 꿈을 향해 도전의 나래를 펼치면 좋겠다. 우리 사회에서 조망하지 않고 있는 소외된 이들이 좀 더 인간답게 살 수 있는 평화로운 세상이 오기를 소망한다. 특별히 나의 청소년기를 지켜준 사랑하는 이모와 내 마음의 별이 되어 영원히 나와 함께해 줄 어머니와 윤영선 선생님을 생각한다. 그리움이 커지면 감정이 깊어져 심연의 순수를 찾아간다. 학생들의 아름다운 노래가 이 땅에 울리고 독자와 함께 그들의 이야기를 나누는 날을 기대한다. 어머니의 사랑 덕분에 이 소설을 뮤지컬로 만들었고 책을 읽고 철학을 논하는 강의를 진행하고 있다.

8
특목고 가는 길

처음부터 길이 있지는 않았을 것이고 뜻이 있어 길이 있고, 가다 보니 동행자를 만나기도 한다. 야곰야곰 새벽에 일어나서 작업을 하고 2023년 여름 방학 지리산에서 자료를 찾고 기억을 살려 《한 권으로 통하는 특목고 가는 길》을 썼다.

"고등학교 선택 시 고려 사항은 무엇인가?"
"특성화 고등학교와 마이스터고 진학의 장점은 무엇인가?"
"우리나라 특목고는 얼마나 많을까?"
"특목고는 어떤 프로그램으로 경쟁력을 갖는 것일까?"
"특목고 합격을 위해 무엇을 준비해야 하는가?"

의외로 중학교 교사들도 특목고 진학의 정보를 갖고 있지 않고 특목고 진학 희망자는 사교육에서 도움을 받고 있기에 집필할 필요성을 느꼈다. 중학교에서 진로지도를 담당하시는 선생님, 특히 중3 담임들에게 필요한 책이라고 추천을 하고 싶다. 2028 대입제도 개편으로 특목고에 관한 관심이 높아지는 시점에서 자녀의 진로를 고민하는 중학년 학부모님과 초등학교에서부터 자녀에게 무언가 투자하고 싶으신 분에게 필요한 책이라고 생각했다.

"오늘 당신의 하루는 평안합니까?"
"내일 한국의 학교는 안전할까요?"
"지금 우리는 어디로 가고 있습니까?"

결코 단 하루의 행복을 보장할 수 없는 오늘·여기·우리의 삶 속에서 나는 무엇을 할 수 있을까 자문한다.

아침 6시, 헐렁한 복장에 큰 가방을 메고 나오는 아이들. 급식을 넘기며 책장에서 떨어지지 않는 시선, 자습실로 향하는 길에 나누는 반가운 인사, 묻고 답하며 배움의 기쁨을 나누는 미소, 경쟁 속에서 서로를 격려하는 몸짓, 자정이 다 되어 처진 어깨를 지탱하며 기숙사로 들어오던 발길….

인천국제고에서 바라본 아이들의 모습이었다. 특목고 교사로 근무한 7년은 치열하고 특별함이 있었다. 특목고 입시를 기획 운영하며 입학사정관 연수를 진행했으며, 교육개발원 업무로 특목고를 들여다봤다. 모든 국제고를 방문했고, 대원외고를 비롯한 외국어고, 용인외고를 비롯한 자사고, 인천과학고를 비롯한 과학고, 경기과학고를 비롯한 영재학교 등 수없이 많은 학교의 교육 프로그램을 봤고 일부 내용을 평가했다. 그런 경험들이 이 책을 쓰는 자양분이 되었다.

이 책은 크게 세 부분으로 구성되어 있다. 특목고의 장점과 고교 선택에서 고려할 사항, 특목고의 현황과 준비 사항, 특목고 합격을 위한 전략을 담았다. 1장에서는 특목고 진학이 왜 유리한지와 특목고에서 성공하는 학생의 특성을 기술하여, 특목고 진학을 판단하는 데 도움을 주고자 했다. 2장에서는 고등학교 유형과 고교 선택을 위해 고려할 사항을 설명함으로써, 중학생과 학부모가 고입에서 유의할 점을 살펴봤다. 3장에서 7장까지는 8개 국제고 · 30개 외국어고 · 20개 과학고 · 8개 영재학교 · 10개 전국 단위 자사고의 현황과 특성, 특색 교육활동

▲ 《합격으로 가는 대입 면접》

및 입시 준비 사항을 서술했다. 8장에서는 특목고 입시로 자기주도학습 전형을 분석하고 자기소개서를 작성하는 방법과 실전 면접에서 필요한 사항을 세세하게 설명했다.

이 책의 자료는 고등학교 홈페이지를 기본으로 학교알리미와 인터넷 정보를 편집한 것이다. 이 책이 중학생과 학부모의 특목고 정보 부족과 고입 입시 부담에 도움이 되면 좋겠다. 시중에 나와 있는 난잡한 특목고 입시 정보가 정선되길 바란다. 이 책이 또 다른 특목고 입시와 사교육을 부추기는 일이 될까 염려되기도 했다. 특목고 근무 시절 이렇게 말했다. "너희들이 사회에 나가 특목고를 없애기를 바란다." 낡은 일기장을 다시 꺼내듯 그 기억을 떠올린다. 이 책을 쓰면서 더 벌어진 일반고와 특목고의 차이를 발견했다. 특목고가 우리 사회를 갈라치고 양극화하여 불공정한 세상으로 치닫게 하지 않기를 간절히 소망한다. 특목고는 그들만의 전유물이 아니다. 교육은 우리 모두를 위한 것이고 우리 사회의 희망이어야 한다.

9
지우의 봄

그동안 3편의 소설을 썼다. 《심결》을 쓸 때는 철학 소설을 써보려 했고, 《불온한 사람들》을 쓸 때는 4편의 단편이 유기적으로 연결된 옴니버스 소설을 생각했다. 두 편의 소설을 출간하고 나서 내 소설을 자가 진단했다. 여러 가지 드러난 문제점이 있고 아직 작가라고 하기에는 턱도 없는 수준이다. 그럼에도 이전 글이 있었기에 다음, 그다음의 작품을 구상할 수 있었다.

선생은 어쩔 수 없나 보다. 소설에서도 뭔가를 가르치려 했다. 독자의 상상력과 평가를 가로막았다. 메시지를 전달하려는 의도는 작가가 지나치게 소설 속에 개입하는 결과를 낳았다. 문체는 올드하고 신선함이 없다. 그래서 화자를 일인칭 시점에서 삼인칭으로 바꿨고 소설의 주인공을 나와 거리가 멀게 여자, 학생으로 설정해 봤다. 그래서 탄생한 것이 《명륜고 MBTI 상담실》이었다.

아직 가야 할 길이 멀지만 조금씩 한 걸음씩 발을 뗀다. 이번 소설도 나로서는 새로운 도전이었다. 출판사 대표가 추천해 줘서 작가 4명이 앤솔로지 형식으로 소설을 출간하는 것이었다. K-POP이 전 세계적인 돌풍을 일으킴에 따라 아이돌을 소재로 하여 청소년이 공감할 수 있는 이야기를 만들어 작품화한다는 출간 의도가 좋았다.

아이돌의 세계를 알기 위해 유튜브를 중심으로 자료를 봤다. 예술 대학으로 진학한 제자와 방송 연예계로 진출을 희망했던 제자의 행동과 학교생활을 복기했다. 아이돌의 노래를 들었고 춤 동작을 살폈다. 4명의 작가가 참여하는 것이기에 다른 작가와의 차별점을 어떻게 만들 것인지 고민했다. 그러면서 학교에서 만나는 아이들의 이야기를 듣고 물어가며 이 소설을 구성했다.

그래서 이 소설의 일등 공신은 지금 교실에서 만나는 2학년 학생들이다. 수업을 들어가려 복도를 지나갈 때, 숨었다가 달려 나와 나를 놀라게 하려는 아이들이 있다. 그중에 연예계 지망생과 뮤지컬 배우가 꿈인 학생이 있다. 그들과 나눴던 대화를 다시 끌어내서 소설 속의 에피소드를 만들었다. 그리고 아이돌을 잘 아는 학생과 실제 아이돌 연습생을 하려던 친구를 교무실로 불러서 이런저런 이야기를 물었다. 다른 반에도 재미있는 아이들이 있었다. 교탁 바로 옆으로 몰려들어 나를 어려워하지 않고 수다를 떠는 무리가 있다. 나를 친근하게 대하고 재미있는 그들의 일상을 늘어놓는다. 그들끼리 어울리는 문화를 소설의 배경으로 삼았다. 어떤 학생은 교실에서 자습할 때 순회하면 먹을 것을 내민다. 그동안 나는 교실에서 무엇이든 먹지 않았는데, 이번에는 아이들이 주는 작은 과자와 초콜릿 등을 받아먹었다.

올해 만난 아이들은 공부를 안 한다는 것, 수업 내용을 이해하지 못한다는 것 등 학습적인 면을 제외하면 참 좋은 아이들이다. 교과 지식보다 더 중요한 것들이 많은데, 그런 것들을 갖춘 멋진 아이들이 많다. 그들과 헤어진다는 것이 아쉽다. 내년에도 가르쳐 달라고 말해 주는 것이 고맙고 한편으로는 미안하기만 하다.

이 소설은 하지우와 신봄이의 우정을 그린 청소년 소설이다. 이 소설이 나에게 특별했던 것은 바로 지금 만나는 아이들과의 이야기이고, 다시 만날 것을 기약하는 내용이기 때문이다. 비록 지금은 겨울이고 마음은 엄동설한이지만 다시 봄을 그리는 긍정의 미래를 그렸다. 누구에게나 봄은 온다. 이런저런 사연으로 힘들고 학창 시절의 고통이 있지만 잘 견디고 이겨내서 인생의 봄을 맞이하리라 믿는다. 그 봄을 기다리는 〈지우의 봄〉이다. 오늘 작별하는 아이들과 다시 꽃 피는 봄에 활짝 웃으며 만나기를 소망한다.

10
슬기로운 학부모 생활

1990년 교단에 들어서서 8개 학교에서 33년간 근무했다. 2023년 9월에 처음으로 명예퇴직을 생각했고 이 책이 나올 때쯤이면 아마도 교단을 떠난 상태일 것이다. 2019년에 《심결》, 2020년에 《대입 자기소개서의 정석》, 2021년에 《불온한 사람들》, 2022년에 《슬기로운 고교 생활》, 《슬기로운 중학교 생활》, 《합격으로 가는 대입 면접》, 2023년에 《명륜고 MBTI 상담실》, 《특목고 가는 길》을 출간했다.

2023년에 교단을 떠나며 〈지우의 봄〉과 바로 이 책을 출판사로 넘겼고, 2024년 1월에 《슬기로운 학부모 생활》을 집필할 것이다. 교단에 있는 동안 도덕 교과서 집필 참여 외에 총 11

권을 출간한 셈이다.

언제 그렇게 많은 글을 썼는지 질문하는 사람이 많다. 주로 새벽에 일어나서 글을 쓰고 방학에 글을 썼다. 학교에 나가고 학생을 지도하며 글 쓰는 일은 어렵다. 누구는 글 쓰는 일이 피를 토하는 일이라고 하고 출간은 산고의 진통이라고 표현하기도 한다. 주변에서 어쩜 그렇게 쉽게 글을 써내는지 대단하다고 한다. 아니다. 나는 쉽게 글을 쓰지 않는다. 힘들다.

첫 소설을 2019년 1월에 시작해서 방학이 끝나기 전에 초고를 완성했다. 그것을 보고 아내가 한 달 만에 글을 쓰는 것을 지적했다. 나는 대답했다. “한 달이라뇨. 30년이 가깝게 걸렸어요.” 물론 속으로만 답했다. 부끄럽지 않은 교사로 최선을 다하고자 노력했던 지난 시간이 있었기에 가능한 일이었다.

이 책은 교단을 떠나기 전에 마지막으로 쓰는 책이다. 지금은 구상만 했고 아직 집필 전이니, 글의 방향만 간단하게 언급하는 것이 좋겠다. 《슬기로운 초등학교 생활》·《중학교 생활》·《고등학교 생활》을 망라해서 초등 교사 김시원, 중학교 교사 강진경, 고등학교 교사 정구복이 힘을 모았다. 각자 학교에서 만나는 학부모가 가장 궁금하게 생각하는 33개의 질문에 간명하게 답변해서 백문백답을 완성하는 것이다. 숲을 보고 나무를 봐야 하듯이, 초등학교 학부모라고 해도 대입에서 초등학교라는 나무를 보는 형태로 책을 구성했다. 학부모를 대상으로 한 권으로 통하는 진로 진학 자료를 만든다는 것이 발행 취지이다.

이 책을 발간하고 나면 교사의 신분에서 벗어나 학부모를 만날 것이다. 친절하게 학부모에게 정확한 진로 진학 자료를 제공할 것이다. 초등학교, 중학교, 고등학교 학부모가 궁금해하는 사항은 다르지만, 자녀의 행복을 바라는 공통 분모가 있다. 그 길에 작은 도움이 되려고 노력할 것이다. 소수의 학부모님을 대상으로 진로 진학 아카데미를 만들고 다양한 형태로 학부모님과의 만남을 이어갈 계획이다.

교직은 끝이지만 교육은 영원할 것이고 내 영혼은 학교에 두고 나왔다. 씁쓸하지 않게 '엔드(end)가 아니고 앤드(and)'라고 힘차게 외치며, 함께 가는 길을 만들어 갈 것이다. 끝이 아니라 이제부터 시작이다.

에필로그

사진은 시간과 공간의 좌표 안에서 순간을 자신의 감성으로 잡아내는 작업이라 생각한다. 선배의 교직 생활이라는 시간과 공간의 좌표 안에서 그의 삶의 순간을 사진으로 담아내는 작업은 쉽지는 않다. 감히 그가 살아온 삶을 사진으로 덧댈 수 있는 것은 아니라고 생각했기 때문이다.

그럼에도 함께 작업을 하려고 한 이유는 작업하자고 한 다음날 이른 아침에 프롤로그를 보내주고 책의 방향성을 이야기할 때, 모든 일에 진중한 선배가 약간 흥분해 있고 에너지 넘치는 어조가 너무 인상적이었기 때문이었다. 한 권의 책 속으로 나는 푹 빠져들어 갔다.

나는 이번 책의 첫 독자로서 선배가 보내준 글을 읽을 때마다 어떻게 사진으로 표현할 것인지보다는, 대학교 때부터 교단을 떠나는 순간까지 한결같이 선후배·동료·학생을 '진심'으로 대하는 모습이 느껴져 몇 번이고 나의 사진적 사유를 멈춰 세웠다. 사진적 사유를 잠시 멈추고 나도 선배와의 관계를 되돌아보았다.

"안녕하세요, 정구복입니다." "TENNIS WEAR"라고 합니다.

대학교 입학 전 향우 MT에서 만난 그에 대한 첫 기억이다. 이름부터 평생 잊을 수 없는 기억이 되어 버렸다. 즐겨하는 운동이 테니스이니, 매일 운동복으로 갈아입을 때마다 그의 존재도 함께 테니스장으로 향한다.

대학교 1학년 여름방학 때 나에게 한 질문이 지금도 생생하다.

'대학에 들어와서 술·인간관계·연애 사랑·교수 학문·책 중에서 한 가지만 잡아도 대학 생활은 성공했다고 한다는데, 넌 어떤 것을 가장 하고 싶어?'

선배가 보내준 글을 읽으면서 대학 생활만이 아닌 지금도 그중 하나를 잡기 위한 연장선에 내가 서 있었음을 알았다.

그는 술과 함께 든든한 교육 동지를 만들고 마음속으로 응원해 주는 사랑하는 동반자를 만났다. 다양한 영역으로 학문의 깊이를 확장해 나가는 활동은 여러 분야에서 강의하고, 특히 다양한 분야의 여러 책을 출간하면서 그의 삶에 방점을 찍고 있는 듯하다. 선배의 글에 사진 작업을 하는 과정을 통해 나도 대학 시절의 질문에 답을 채워야 하지 않을까 생각한다.

이번 사진 작업은 컴퓨터 폴더 속 사진을 다시 열어보고, 카메라를 들고 피사체를 찾는 시공간 속의 나를 발견할 수 있어서 개인적으로 매우 흥미로운 사진 활동이었다. 선배가 만난 많은 사람 중에서 '사진을 좋아하는 후배도 있었지?'라며 기억되기를 바라는 마음으로 사진집을 선물하듯이 작업을 했다.

교직 생활의 결승선이면서 다시 인생의 출발선에 서는 그와 글과 사진으로 함께 엮어지는 것에 대해 진심으로 감사할 뿐이다. 그리고 선배의 말처럼 눈 내리는 날 흑백의 세상을 보며 따뜻한 찻속에 우리 이야기를 나누고 싶다는 순수함을 이 책과 함께 오랫동안 간직하고 싶다.

2024년 눈 내리는 겨울날에

고 병 관

정구복
선생님